山月记

〔日〕中岛敦◎著

林非◎译

北京燕山出版社
BEIJING YANSHAN PRESS

图书在版编目（CIP）数据

山月记 /（日）中岛敦著；林非译. -- 北京：北
京燕山出版社，2022.6

ISBN 978-7-5402-6623-3

Ⅰ.①山… Ⅱ.①中…②林… Ⅲ.①短篇小说—小
说集—日本—现代 Ⅳ.① I313.45

中国版本图书馆 CIP 数据核字（2022）第 146998 号

山月记

著　　者	（日）中岛敦	
译　　者	林　非	
责任编辑	金贝伦	
装帧设计	言　午	
出版发行	北京燕山出版社有限公司	
社　　址	北京市丰台区东铁匠营苇子坑 138 号	
电　　话	010-65240430	
邮　　编	100079	
印　　刷	德富泰（唐山）印务有限公司	
开　　本	880mm×1230mm　1/32	
字　　数	120 千字	
印　　张	5	
版　　次	2022 年 6 月第 1 版	
印　　次	2022 年 6 月第 1 次印刷	
定　　价	30.00 元	

译者序

《山月记》一书是日本作家中岛敦的中短篇小说集，共收录包括同名小说《山月记》在内的九篇中短篇小说。

中岛敦出生在一个汉学氛围十分浓厚的家庭。他的祖父是汉学家，父亲是中学的汉文教师，他本人自东京帝国大学文科部毕业之后，曾做过八年的国语和英语教师，后因气喘病加重，加之对当局教育政策失望，提出辞职。此后，中岛敦一边与病魔斗争，一边坚持创作，最终因为心脏衰竭，在三十三岁的大好年纪不幸去世。

中岛敦的许多作品都取材自中国古典人物、中国古典故事，但是他的作品，却充满了日式的哲思和物哀。难怪有人说，中岛敦写中国古典，人物是中国的，精神却是日本的；故事是中国的，情怀却是日本的。

本书所收录的九篇作品，《山月记》取材自唐传奇小说《人虎传》，讲述了耿介正直的书生李征，无法适应官场，一心想要成就诗名，却在自尊心和自卑心的冲突下，郁郁寡欢，最终化身猛虎，和友人相遇的故事。值得一提的是，《山月记》是日本高中语文教材的常选篇目，深受读者喜爱，中岛敦也因此被誉为"国民作家"。

《高人传》取材自道家学派经典著作《列子》，作者从想要成为射箭高手的纪昌入手，以纪昌学射为主线，将故事徐徐展开。通过纪昌的学习经历、生活状态，表达对"无为""无我"以及虚无主义的认识。

《悟净出世》和《悟净叹异》两篇，取材自家喻户晓的《西游记》，选取独特的沙僧视角，通过沙僧对于人生意义的苦苦追寻，引导读者思考人生之意义、人生之选择。在中岛敦笔下，沙僧简直就像是一面镜子，照着当代青年虚无的、盲目的内心。不过，最终，他找到了破解迷局的办法——即使不若悟空一般强大，也要行动起来。

《李陵》取材自被鲁迅赞誉为"史家之绝唱，无韵之离骚"的《史记》，中岛敦刻画了李陵、司马迁和苏武这样三位在封建专制统治下有着不同遭遇、做出不同选择、承受不同命运的人物；对他们内心的冲突挣扎、孤独绝望，展开了极其细腻的描写，为读者提供了日本人看中国历史的独特视角。

《弟子》写的则是孔子和子路这对师徒的故事，而且是以子路的视角展开的。中岛敦笔下的孔子，不是那个迂腐的夫子，而是有着许多无奈却坚韧不拔的豁达君子；不是时时事事都能给出完美答案的圣人，而是时常会有弟子（子路）对他给出的答案不满的长者。在孔子眼中，子路是至纯至性的磊落汉子，所以成了"唯上智与下愚不移"中的例外，不是上智，不属下愚，但性情不移。当然，子路对老师的追随也是一腔热血、矢志不渝。见老师在卫国受辱，心情便"跟珍爱美玉之人见不得美玉映照出一丝一毫的不洁之物一样"。多么形象的比喻呀，或许每个人心中都有过这种时刻。而这也正是中岛敦的文字让人感动、让人共鸣的地方。

《盈虚》《牛人》和《妖氛录》全都取材自我国著名编年体史书《左传》，描写的都是春秋时期的故事。事情总是在盈满和虚空之间发展变化，《盈虚》之主人公卫太子蒯聩便经历了这般大起大落的人生，最终横死他人之手。人是善于伪装的，所以人也是容易受骗的，《牛人》便是这样一个有着两副面孔的人，他通过伪装，骗取父亲信任，以竖子身份杀死两个异母弟弟、饿死亲生父亲，他的一生，可算成功？都说红颜祸水，《妖氛录》所讲的便是"杀三夫一君一子，亡一国两卿"的夏姬的故事。妖氛者，不祥之云气也，多用来比喻凶灾、祸乱，夏姬到底是不是种种祸乱的根源呢？

　　总而言之，中岛敦的文章总是有着别出心裁的巧思，行云流水般的文字，他借着中国古典的外壳，创造出一个个如真似幻的世界，复活一个个鲜活生动的人物，引导读者对人性之幽暗、自我之意义进行探索。

目　录

山月记 ^①

　　陇西李征，学识渊博文采斐然。天宝末年，少年李征登虎榜 ^②，随后便调补江南尉 ^③。可是，他性情狷介，自命不凡，不屑于屈居小吏的位置。因此，没多久便辞去官职，返回故乡虢略，闭门索居，专心诗作。

　　他希望成为流芳百世的诗人，不愿意经年累月地屈膝在高官之下做个小吏。可是，想要成就诗名，哪有那么简单！还未实现理想，生计却日益艰难。他的心绪渐渐焦躁，面容也日渐消瘦，形销骨立，只有双目仍旧炯炯有光。再也不复当年进士及第时意气风发的少年风采。

　　堪堪数载光阴，穷困潦倒的李征不得不为了家人的衣食生计，折腰屈节向东而去，赴任一方小小官吏。当然，他这样做，还有一个原因，那就是几乎已经绝了对诗名的热望。往昔同僚已然官居高位，他却不得不对自己往日视作蠢物不屑与之交流的一干人等卑躬屈膝言听计从。对于曾为一方才俊的李征，不难想象其自尊所受践踏之深。李征整日闷闷不乐，本就狂狷桀骜的性情越发难以自抑。一年后，李征因公外出，夜宿汝水之畔，终究还是发了狂症。那天

　　① 本文取材自唐代传奇小说《人虎传》。
　　② 虎榜：龙虎榜，也就是进士榜。清朝时，虎榜是武科进士榜的专称。
　　③ 江南尉：庶务官员，主要掌管司法捕盗、审理案件、判决文书、征收赋税等杂事。

午夜时分，他从床榻之上惊起跳下，脸色骤变，口中狂呼着他人难懂之语，向黑夜奔去，再未复返。人们遍寻四周山野，丝毫踪迹都未发现。自此以后，再没人知晓他的下落。

第二年，监察御史陈郡袁傪奉诏出使岭南，夜宿商於^①之地。次日一早，天色未亮，便着急动身赶路。没想到驿站小吏对他说："前路有吃人的猛虎，所以来往行人只敢在白天通行。现在天色尚早，最好还是略微等等再走。"袁傪认为自己随从守卫众多，便喝退小吏，动身上了路。

一众人等借着残月微光在林中草地穿行，果然看到一头猛虎自草木丛中飞跃而出。眼看着那头猛虎向袁傪扑来，却猛然转身，隐没在了刚刚那片草木丛中。很快，众人都听到草丛之中有人声传出，反反复复地自言自语道：

"好险，好险。"

袁傪觉得这声音有些耳熟，虽然惊诧，但还是立刻想了起来，于是喊道：

"听这声音，莫不是故友李征兄？"

原来袁傪和李征同年进士及第，是李征为数不多的朋友中最为要好的。大概是因为袁傪性情温和，从来没有和心性孤傲偏激的李征有过龃龉的缘故吧。

草丛之中一时没有回应，只传来时断时续的低声啜泣。不一会儿，一个低沉人声回答说：

"在下正是陇西李征。"

袁傪立刻没了恐惧之心，下马走到草丛边，和李征畅叙久别之情，并问他为何不现身相见。李征回答说：

"现如今我已是异类之身，怎么敢寡廉鲜耻地在故人面前暴

___

① 商於：今河南淅川县西南。

露丑态。更何况，我一旦现身，你心里必然会生出畏惧厌恶之情。不过，今日我和故人不期而遇，怀旧之情几乎让我忘却了羞愧之念。不知你愿不愿意暂且抛却外形丑陋之嫌，和往昔好友李征说上几句？"

虽然事后回想起这番情景实在有些吊诡，但彼时彼刻，袁傪竟坦然自若地接受了这超乎常理的怪异现象，丝毫不觉奇怪。他令部下停下车马，只身一人站在草丛旁边，和这个不见其人的声音聊了起来。年少时情同手足的同窗，如今聊起来仍旧十分亲密。他们谈到京城的传闻、旧友的消息、袁傪今日的官位，还有李征对他的祝贺。二人聊了一会儿，袁傪便询问李征为何会变成如今模样。草丛中的人声这般讲道：

"约莫一年前，我因公出差，夜宿汝水之畔。一觉醒来，似乎听到屋外有人唤我姓名。我应声出门，并未发现人影，只听见夜色之中不停有人呼唤，便鬼使神差地循声追去。一路快跑，如入无人之境，不知不觉就到了山林深处，竟然用双手伏地的姿势不断狂奔着。我只觉得自己浑身充满力量，轻轻松松就能跃过拦路的山石。待我回神清醒，才发觉手指和手肘等处早已长出绒毛。等到天色微亮，我来到山间小溪看见水中倒影，才知道自己早已化身为虎。刚开始我简直不敢相信自己的眼睛，觉得这一切肯定都是梦境。毕竟在此之前，我也曾经做过这种知道自己身处梦境的梦。在我意识到这一切并非是在做梦时，先是茫然无措，接着又惶恐万分。虽说一切皆有可能，但它到底为何发展到这种地步？我想不明白。其实，我等生灵本就一无所知，我们的宿命就是默默接受一切，不问其中情由，混混沌沌了此一生。我心里只有一个念头——死。就在这时，一只野兔从我眼前奔过。我一见野兔，心中的人性瞬时没了踪影。待到人性恢复，早已满嘴兔血，四周兔毛飘散。这便是我化身为虎之后的初体验。从此往后的诸般作为，实在难以启齿。不过，一天之中，总有几个时辰，能恢复人性。在这段时间，可以像往常一样说人话、深入思考问题，也可以吟咏经典章句。从人性角度来评判自己作为老虎的诸般暴行，回顾自身命运，总是万分羞愧、恐惧、愤慨。可是，渐渐地，人性恢复的时间越发短暂。往常我总是惊诧于自己怎么会由人化身为虎，这段时间却恍然意识到，自己竟时时疑惑于自己曾经为人。简直不胜惶恐！过不了几日，只怕我心中的人性就会淹没于兽性之中，直至荡然无存。就如同古老的宫殿，地基每日受到沙土的侵蚀埋没一样。由此可见，终有一日，我会彻底忘却过往的一切，以猛虎之身猖狂肆虐，就算再与你如今日这般相见也不会相识，就算将你撕咬生啖也不会有丝毫悔意。说到底，不管是人是兽，真身原本就是别种生物，莫不是最初还记得原本的自己，其后便渐渐忘却，认为自己天生便是今时模样。唉，都是自寻烦恼而已。假如心中人性真的可以荡然无存，或许更能坦然面对。尽管如此，我心中的人性仍旧对此结局格外恐惧。唉！忘却自己曾经是人，是多么恐怖、悲伤、痛惜的事情呀！这样的心境，无人能懂。除非有相同遭遇，否则无人能懂。对了，在人性尚未荡然无存之时，我有一事相求。"

袁傪等人全都聚精会神地听着草丛里传出的让人诧异的人声。那声音继续道：

"我别无所求。想我原本打算成就诗名，时至今日，不仅一无所成，而且沦落至此。往昔所作数百首诗，自然也不被世人知晓。就连遗稿现在何处，也无从得知。不过，我至今还能记起其中的数十首，希望你能为我记录下来，流传出去。我并非想要借此以诗家自居，也不是想要弄清诗作的巧拙，只是我一生执着于此，并为此倾尽所有、精神恍惚。假如到头来，没有一字半句能流传后世，我定然会抱恨黄泉。"

袁傪当即令部下执笔，逐字记下草丛中人所吟诗句。李征吟诵之声很快从草丛中传来。他大约吟诵了三十余首诗作，全都格调清新高雅，意趣卓越超群，听者都觉得作者文采斐然。不过，袁傪在赞叹之余，依稀有些不足之感：身为诗人，作者的才华不容置疑，但诗作在某些方面（某种微妙难言之处）似乎有所欠缺。

李征吟诵完往日旧作，语调骤然一变，自嘲般说：

"时至今日我也不怕你笑话，虽然我已是这般凄惨丑态，但在睡梦之中，还是梦见拙作被排放在长安风流人物案头。这是我横卧洞窟时梦见的。你大可嘲笑我这个想做诗人而不成，最后竟然化为虎身之人（袁傪不由得忆起从前，李征少时就有自嘲的习惯，如今听他这样说，内心更是唏嘘无限）。既然如此，我索性即兴赋诗一首，抒发心中所感，博君一笑，并以此证明往日之李征仍在猛虎皮囊中苟活。"

袁傪又令部下提笔记录如下：

偶因狂疾成殊类，灾患相仍不可逃。
今日爪牙谁敢敌，当时声迹共相高。
我为异物蓬茅下，君已乘轺气势豪。
此夕溪山对明月，不成长啸但成嗥。

彼时，残月冷照，白露满地，冷风在林间吹过，诉说着拂晓将近。在场诸人早已忘却眼前之事的离奇古怪，全都肃然起敬，悲叹诗人的不幸。李征的声音再次从草丛中响起：

"方才我曾说不知何故遭此厄运，不过细想之下，也并非全无头绪。当初还为人身之时，我竭尽全力避免和人交往，众人都说我倨傲不恭、目中无人。他们却不知道，这其实是某种近乎羞耻的心理在作祟。往日我曾被誉为一乡鬼才，又怎会全然没有自尊心。不过，这种自尊不过是一种自卑怯懦的自尊。妄想以诗成名，又不肯求师访友，与之切磋；而且不愿违背心意和凡俗之人为伍，都是我那自卑怯懦的自尊心和妄自尊大的羞耻心在作祟。我深深担心自己并非美玉，故而不敢刻苦琢磨，但又自信有几分才华，不甘心庸庸碌碌地和瓦砾为伍。因此，一日更似一日地离群索居，任由愤懑和羞怒助长心中自卑怯懦的自尊心。世人皆为驯兽师，人之性情便是猛兽。对我来说，这种妄自尊大的羞耻心就是猛兽。这头猛虎耗损了我自己，害苦了我的妻子儿女，伤害了我的亲朋好友，最终，又将我的外形变成了这般和内心相符的模样。如今回想起来，我那仅有的浅薄才华便这样被枉费了。我时常将'庸庸碌碌总嫌余生太长，想有作为只觉人生苦短'的警句挂在嘴边，可内心却时时被卑怯怠惰之情影响，担心自己才华不足的真相遭到暴露，却不肯刻苦付出。这个世界上，不乏才华远不如我，但因肯下苦功而成为诗词大家的人物。如今我化身为虎，才体会到其中真谛。每每念及此处，总是心如刀割，懊恼不已。时至今日，我已不复人身，就算心中诗作再如何出类拔萃，又如何能公之于世？更要紧的是，心性一日比一日更接近猛虎，又该如何是好？已然被我荒废的往昔岁月，又该如何挽回？每每念及此处，我只能奔向对面山巅，立于岩石之上，面向空谷怒嗥。我多想找人说一说内心的悲愤焦灼呀！昨夜，我就曾到那里去，对月长啸。但心中苦闷又能与何人说？群兽听到我的咆哮，尽皆惶恐畏惧，跪拜臣服。山峦草木、明月白露，也只会把这当成一头猛虎的狂怒咆哮。就算我动情悲叹，就算我跳跃翻腾，就算我俯身伏地，终究还是无人能懂。就如我尚为人形之时，亦无人能懂我内心的脆弱易伤。淋湿我身上皮毛的，又岂止浓浓夜露！"

周围浓重的夜色逐渐褪去，山林间，依稀响起哀婉凄切的报晓号角。

"请恕我不得不告辞，因为不得已而陷入沉醉（指恢复猛虎兽性）的时刻很快就要到了。临别之时，还有一事相求，和我的妻子儿女有关。他们一直在虢略，自然无法知道我的命运遭遇。你从南方回去之后，只需告诉他们我已经死了，千万不要说起今天相遇之事。如果能怜惜他们孤苦贫弱，加以关照，不让他们冻死街头，那便是莫大的恩德啦。"

李征说完，草丛中传出恸哭声。袁傪含泪答应，承诺一定完成他的心愿。此时，李征又变回先前的自嘲口吻说道：

"假如我还是人，那本该先向你托付妻子儿女之事。可我仍旧执迷于自己那不值一提的诗作，反将妻子儿女的饥寒放在后面。大概正因如此，我才沦为野兽，遭此厄运吧。"

李征说完又提醒袁傪，从岭南返回之时，一定不要再走这条路。他担心自己那时已然本性尽失无法自持，不识故人而下杀口。又说："咱们就此别过，你走到百步之外的山岗时，可以再回头望一望，我会现身让你一见。我这么做并不是为了耀武扬威，只是希望你亲眼见到我的丑态，从此不再有重来此地和我相见的念想。"

袁傪面对着草丛依依惜别，转过身去，跨到马上。又听见草丛中传出无法自抑的悲泣声。袁傪回望再三，挥泪启程。

一行人走到山岗上，按照刚刚李征的嘱咐回望那片草地。只见草丛之中忽然跳出一头猛虎，站在路上，望着他们。残月冷光朦胧之中，猛虎仰天长啸数声，跳回草丛，没了踪影。

一九四二年二月

高人传①

　　赵国都城邯郸有一位名叫纪昌的男子，立志要成为天下第一神射手。他想要寻找一位能当自己老师的高人，经过一番思考，认为当今天下，再没人能比名射手飞卫的箭术高明。相传，飞卫箭术精湛，能百步穿杨，矢无虚发。因此，纪昌不顾遥远，不辞劳苦，找到飞卫，拜他为师。不过，飞卫却对这位新入师门的弟子说，想学箭术，就得先学会不瞬，也就是不眨眼。

　　纪昌一回到家中，就钻到了妻子的织机下，仰面朝上平躺在地。妻子脚下的踏板贴着他的眼睑上下翻飞，他始终目不转睛地盯着，连眼睛都不眨一下。妻子十分惊诧，满头雾水。别的暂且不论，单单是丈夫以这般怪异的姿势和角度看着自己，就已经让她很不自在了。纪昌对着妻子呵斥一番，催她接着织布。纪昌寒暑不辍地保持着这种滑稽可笑的姿势，苦练不瞬之功。两年过去了，就算踏板上下翻飞地贴着他的睫毛飞过，他也不会眨一下眼。于是，他从织机下面爬出。他已然练就了绝技，就算锐利的锥尖戳中眼睑也绝不眨眼；就算火星猝不及防地溅进眼睛，就算火盆遇水猛地烟尘四起，他也绝不动动眼皮。他甚至连怎样闭上双眼都不记得了，即使在晚上沉沉睡去，他的眼睛也睁得圆圆的，就像铜铃一般。后来，竟然有小蜘蛛在他的睫毛之间结网筑巢。直到此时，他终于对

---

　　① 本文取材自《列子·汤问》中纪昌学射的故事。

自己的不瞬之功有了自信，赶忙去向老师飞卫汇报。

飞卫听后，对他说："只练就不瞬之功根本不够，还得学会视，也就是看东西的本事才行。等你哪天做到了视小如大、视微如著，再来向我汇报吧。"

纪昌回到家中，开始在贴身衣物中翻找，最终在针眼处找到一只虱子。他揪下一根头发，拴住虱子，将其挂在南向的窗子上，目不转睛地盯着。一天又一天，他始终目不转睛地盯着吊在窗户上的虱子。最开始，虱子只是再平常不过的虱子。两三天后，虱子仍是虱子。不过十几天后，那虱子仿佛变大了一点——他也弄不清是不是心理作用的缘故。三个月过去了，这只虱子在纪昌眼里竟然变成了蚕蛹那么大。窗外换了风景，由春意融融到夏日炎炎，再到秋高气爽北雁南飞，紧接着就是寒冬凛凛雪花飘飘。纪昌始终寒暑不辍地盯着那个拴在发丝上的、长着刺吸式口器、会引人发痒的小型节肢动物。三年岁月流转，虱子也已换过数十只。有一天，纪昌突然发现，窗前的虱子竟然大得像一匹马。他拍着大腿说："大功告成！"然后走出屋子。

纪昌简直不敢相信自己的眼睛：人像挺拔的塔，马似高耸的峰，猪如起伏的山丘，鸡像雄伟的城楼。纪昌欣喜若狂，跑回屋内站在南窗前，对着虱子，拉动燕角之弧①，射出朔蓬之簳②，一箭射穿虱心，却未损伤拴着虱子的发丝。

纪昌赶忙跑去向老师汇报。飞卫听后欢欣鼓舞，手舞足蹈，拍着胸脯表扬说："你练成了！"当场将自己的射箭秘诀倾囊相授。

五年苦练眼力，并非虚度光阴。纪昌学射果然进步神速，让人惊叹。

---

① 燕角之弧：用燕国兽角制成的弓。

② 朔蓬之簳：用楚国蓬梗做成的箭。朔，当为"荆"字之误。荆，楚国，出产良竹。

学习射箭秘诀十日后,纪昌尝试站在百步之外用箭射柳叶,已然箭无虚发。二十日后,将盛满水的杯盏放在右肘上开硬弓,不仅箭无虚发,而且杯盏之中的水竟能毫不晃动。一个月后,纪昌试着连射一百支箭。第一箭射中靶心,紧随其后的第二箭便正中前箭箭尾,第三箭瞬间又射中第二箭箭尾。发发相及,矢矢相属,后箭必然射中前箭箭尾,一支坠地的箭都没有。一瞬间,一百支箭悉数射完,如同一支箭一样首尾相连,延伸到纪昌眼前,最后一支箭好似还贴在弓弦上一般。站在一旁观看的飞卫,情不自禁地叫了声好。

两个月之后,一天,纪昌回家之后和妻子起了口角。他想要吓唬吓唬妻子,于是拉开乌号之弓[①]、搭上綦卫之箭[②],射向妻子眼睛。一箭射去,断了妻子三根睫毛,但妻子却丝毫没有察觉,仍旧不停地骂着自己夫君,连眼睛都没眨一下。由此可见,纪昌射速之快,精度之准,已然登峰造极。

纪昌再也无法从老师飞卫那里学到新知识、新技艺,某日竟然生了歹念。

他想来想去,觉得如今天下只有老师能和自己在箭术上一比。要想成为天下第一的神射手,必得将老师铲除。因此,便暗中寻找机会动手。

某日,他和独自一人的飞卫在郊外相遇。纪昌顿时下定决心,取出弓箭,瞄准飞卫。飞卫觉察到杀意,于是弯弓搭箭相迎。师徒二人各自拉弓射箭,箭矢每每在中途相遇,同时坠地。二人箭术都已出神入化,因此箭矢坠地全都悄无声息,不扬纤尘。飞卫手里的

---

① 乌号之弓:代指良弓。
② 綦卫之箭:綦这个地方出产的利箭。

箭都射完了，纪昌手里还剩下一箭。纪昌十分高兴，认为是天助自己，拿出箭来就射，飞卫情急之下折取路边荆条，用带刺的荆条末梢打落了飞来的箭矢。

事已至此，纪昌知道自己心中歹念终难实现，竟油然生出了一股出于道义的惭愧之情。当然，若是他今天得了手，是万万不会生出此种感念的。再看飞卫，绝处逢生之后放松下来，又对自己的技艺颇为满意，因此对敌人竟没有丝毫憎恨。师徒二人奔向彼此，在原野中紧紧相拥，全都洒下了师徒情深的泪水。(此种事情，以今时今日的价值观很难理解和评判。齐桓公喜好美食，不断追求未曾尝试过的珍馐美味，厨师易牙便将亲子蒸熟奉上；秦始皇还是十六岁少年之时父亲去世，当晚他便屡屡奸淫父亲宠妃。上述诸事全都要放在特定历史背景中去理解)

飞卫和弟子相拥而泣的时候也在想，若自己这个徒弟今后歹心再起，自己实在防不胜防。因此就想转移他的注意力，给他找一个新目标。他对这位十分危险的徒弟说："为师已然将自身技艺倾囊相授，你若是还想在箭术上进步，就得无畏太行艰险，向西登上霍山之巅。在那里，有一位名叫甘蝇的高人，他的箭术前无古人，后无来者。和这位高人比起来，为师的那点雕虫薄技，简直就如儿戏一般。当今天下，除却甘蝇，再无人能做你的老师。"

纪昌立刻动身西行。老师刚刚说的，和这位高人比起来，他们那点雕虫薄技，简直就如儿戏一般，深深地刺痛了纪昌的自尊。如果此言非虚，那就说明他要想实现天下第一神射手的目标，还有很长的路要走。纪昌不停赶路，迫不及待想找到那个人，和他比试比试，好看看自己的本事到底是不是真如儿戏一般。他攀上险峰，爬过栈道，磨破了双脚，擦伤了双腿，终于在一月之后，成功抵达霍山之巅。

可是，锋芒毕露的纪昌只在山巅找到了一位目光温柔似绵羊、走路歪斜站不稳的老者。老者看起来应当已过百岁，弯腰驼背，老态龙钟，走路的时候，花白的胡子全都拖在地上。

纪昌担心老人耳朵不好使，赶忙提高嗓音，说明来意。"请您对我的箭术进行评判"的话音刚落，还未待老人答话，纪昌便立刻从背后拿出杨杆麻筋之弓①，搭上石碣之箭，瞄准一群恰好从高空飞过的大雁。随着弓弦一声响，碧空中的五只大雁被一箭贯穿，齐刷刷地落在地上。

老者笑盈盈地说："好汉技艺不错，可这只是'射之射'，看来你还不懂什么叫'不射之射'。"

老者见纪昌有些生气，就把他带到了两百步之外的悬崖峭壁之上。脚下是屏风一般竖立的千仞绝壁，谷底的溪流就如游丝一般，即便只是向下瞄上一眼，也会让人目眩，由此可知那悬崖之高。悬崖边上有一块半悬空的大石头，老者气定神闲地站了上去，转过身来对纪昌说：

"怎么样？能不能上这块石头上，再施展一次刚才的本事？"

纪昌知道事已至此决不能退，因此便和老者调换位置踩了上去，那石头还微微晃了晃。就在他鼓足勇气正要弯弓射箭的时候，一颗小石子从悬崖边滚落而下。纪昌看着石子滚落，两腿不受控制地发软，全身不由自主地出冷汗，只能俯身趴在石头上。老者笑盈盈地伸出手，将纪昌搀扶下来，自己重新站到石头上，说：

"那就看看我是如何射的吧。"

纪昌脸色刷白如纸，惊魂未定，但还是意识到了问题所在，便问：

"您手中无弓，怎么射箭？您的弓在哪里呀？"

---

① 杨杆麻筋之弓：在杨木干上缠上麻丝制成的硬弓。

老者两手空空，手头既没有弓，也没有箭。

老者依旧笑盈盈地说：

"以弓箭射，仍旧是'射之射'。所谓'不射之射'，既不需要乌漆①之弓，也不用肃慎之箭②。"

就在这时，一只鹰盘旋在二人头顶的高空之上。从他们的位置看来，那鹰只有芝麻大小，甘蝇抬头看了一会儿，就伸展双臂做开弓状，以满月之势射出无形箭矢。那鹰甚至没来得及扇动一下翅膀，便径直从高空坠落而下。

纪昌不由自主地颤抖着，时至今日，他才终于领略到什么是真正的射。

纪昌跟在这位老者身边整整九年。没有人知道在这九年里，他到底经受了什么样的磨炼。

九年过后，纪昌下山，他相貌变化之大，让世人惊讶不已。原先那个决不服输的倔强面庞早已消失不见，取而代之的是呆若木鸡的愚者模样。他前去阔别多年的老师飞卫处拜访，飞卫一看到他就高声感慨道：

"这才是天下第一神射手，我等真是望尘莫及。"

天下第一神射手纪昌归来，都城邯郸为之沸腾，人们都想一睹他出神入化的射术。

可是纪昌却对人们的热盼视若无睹。他甚至不再执弓。当初上山时随身带的那把杨杆麻筋弓也不知被他丢到了何处。有人问他个中因由，纪昌回答说：

"大言稀声，至为无为，至射无射。"

向来善解人意的邯郸百姓立刻就听懂了他的意思，并当即表

_____

① 乌漆：黑漆，可用于涂饰。

② 肃慎之箭：肃慎氏进贡的箭矢。肃慎是古民族名。周武王、周成王在位期间，肃慎氏曾进贡带有石制箭头的箭。

示认同。于是，这位不执弓的神射手成了邯郸的骄傲。纪昌越是不碰弓箭，邯郸百姓就越觉得他盖世无双，他的名声也被传颂得越发广泛。

人群中逐渐流传起和纪昌有关的种种传说：

有人说，夜里三更过后，纪昌家的屋顶就会响起不知从何而来的弓弦之声。相传，那是附在他身上的射术之神，趁着他沉沉睡去之际出窍，为他驱魔除妖，彻夜守护。

纪昌的一个商人邻居说，某夜曾见纪昌腾云驾雾，手中十分罕见地拿着弓，在房顶上空和古时候的神射手羿和养由基比箭。并强调一切都是他亲眼所见，绝无半句虚言。夜空中，三人射出的箭拖着银色的尾巴，消失于参宿和天狼星之间。

还有一个小偷坦白说，他原本想着悄悄潜入纪昌家中行窃，谁知一条腿刚刚跨过围墙，一道杀气便从沉寂无声的屋子里射了出来，直中他的额头。于是，他猝不及防地摔下墙来，跌落在外。

自此以后，那些心怀歹念的人全都远远躲开纪昌家，就连头脑机灵的鸟儿都知道飞到这里要绕道而行。

在云山雾罩的盛名之下，神射手纪昌渐渐老去。他早已不再执着于射，仿佛进入了恬淡虚静的境界。他面无表情，呆若木鸡，甚少言语，以至于人们都怀疑他是不是还有呼吸。他的晚年几乎已是忘却人我之别，不问是非之分。只觉得眼即是耳，耳即是鼻，鼻即是口。

和老师甘蝇告别四十载后，纪昌悄然离世，如同一缕青烟般寂然。在这四十年里，他对射事绝口不提，当然也再未拉弓射箭。作为寓言故事的作者，我很想在结尾处写一写这位射术高人怎样大显神通，并由此点明其被称为高人的因由。但是，古书并无相关记载，我无论如何不能信笔胡写。其实，纪昌晚年早已清静无为，身入化境，除却下面这则奇闻逸事，再找不到半点记载。

大约是在纪昌去世一两年前。某日，老态龙钟的纪昌应朋友之邀前去做客。在朋友家，他看到了一个东西。他觉得那东西有些眼熟，但无论如何都想不起其唤作何名，其有何用。于是，他就指着这个东西问这家主人说：

"这个东西叫什么？有什么用处？"

主人以为他在说笑，因此只咧嘴傻笑，并未作答。一把年纪的纪昌，神色严肃地再次发问。主人不明白他的意思，再次不置可否地一笑应对。纪昌神色严肃地第三次发问，主人才敛起笑容，错愕不已。主人直直地盯着纪昌的眼睛，确信对方绝非说笑，绝非发疯，自己也绝对没有会错意，才十分惊恐狼狈，结结巴巴地叫喊道：

"天哪！夫子！——前无古人后无来者的神射手，竟然连弓都不认得？这是弓呀！您连它的名称和用途都不记得了！"

相传，自此之后很长一段时间里，邯郸城里的画家全都将画笔藏起，乐师全都将琴弦扯断，工匠也都以手拿圆规矩尺为耻。

一九四二年十二月

悟净出世

　　光阴迅速，历夏经秋，见了些寒蝉鸣败柳，大火[①]向西流。正行处，只见一道大水狂澜，浑波涌浪。兜回马，忽见岸上有一通石碑。三众[②]齐来看时，见上有三个篆字，乃流沙河，腹上有小小的四行真字云："八百流沙界，三千弱水深。鹅毛飘不起，芦花定底沉。"

——《西游记》

一

　　那个时候，在流沙河底居住的妖怪，约有一万三千之众，没有一个像他那般如坐针毡、怯懦胆小。他自称时至今日已然吃过九位僧侣，因此才会遭到报应，九个骷髅挂在脖颈上摘不下来，但别的妖怪却从未见过什么骷髅。

　　"我们都没看见过，是你自己疑神疑鬼。"

　　只要听到别的妖怪这样说，他就会用狐疑的眼神看向对方，并面露阴沉悲戚之色，仿佛实在感慨为何独独自己与众不同。别的妖

---

① 大火：星宿名，也就是心宿。
② 三众：唐僧、孙悟空和猪八戒三人。

怪私下都说，他只怕连人都没吃过，更别说什么僧侣了。毕竟大家谁都未曾目睹他吃人，但却见过他吃那些小鱼虾米。

妖怪们还给他起了个绰号，叫"自语悟净"。因为他总是坐卧不安地承受着痛彻心扉的悔恨的折磨，总是不停地在心灵深处责怪自己，并喃喃自语地说出声来。站在远处，可以看到成串的小气泡从他嘴边冒出，实际上，那便是他在小声自语。内容无非是"我真傻""我为何要如此这般""我不行，实在受不了"等等。偶尔还会说"我是堕落天使"之类的。

那个时候，包括妖怪在内的所有生灵都相信自己是由什么东西轮回转世来的。在流沙河河底，妖怪们全都说悟净前世是天宫中凌霄殿的卷帘大将。最终，就连生性多疑的悟净自己，也只能无奈地装出信以为真的模样。其实，所有妖怪里面，他是唯一一个私下怀疑轮回转世这种说法的。就算如今的我果真是五百年前的卷帘大将转世而成，那是不是意味着从前的卷帘大将和现在的我是一样的？但是，我的脑海里，竟然没有一点关于天宫的记忆，那么又怎么能说在我的记忆存在之前就存在的卷帘大将和如今的我是一样的呢？我们到底是肉体一样，还是灵魂相同？而且，灵魂又为何物？每每悟净想到上述问题，妖怪们都会无一例外地哂笑说："看吧，又来了。"有些妖怪只是单纯地嘲弄，有些妖怪则会满脸悲悯地说："你得病啦，而且已经病入膏肓啦。"

他的确病了。

只是，他自己也不清楚自己是从何时、因何原因得的病。待他觉察之时，已然被那些让人厌恶的氛围包裹得严严实实。他对任何事都提不起兴趣，所见所闻都让他意志消沉，一切事物都会让他陷入自我厌恶和自我怀疑之中。他在洞穴中闭关，一连许多天不吃不喝，长久冥想，唯有圆睁的双目炯炯有光。他会猝然起身，一边四下走动，一边念念有词，不一会儿又猝然坐下。凡此种种行为，都非意识控制，而是下意识的。他甚至不清楚，到底要搞清楚什么东西，才能将自己从不安的旋涡中解救出来。他唯一知道的是：自己从前认为理所当然的一切，如今再看都是那般可疑，那般难解。从前认为是完整统一的事物，如今再看却是鸡零狗碎，越是穷究各处细节，就越无法弄清整体的含义。

有一回，一个身兼大夫、占星师和祷告者的老鱼精看到悟净这副模样，便对他说：

"唉哟，真是可怜呀，你得的是因果病。一百个得这种病的人里，九十九个都只能凄惨地了此残生。我们一族原本并没有这种病，可自打开始吃人，便有很少一部分得这种病。患上这种病的人，根本没有办法坦然面对并接受任何事物。他们不论遇着什么东西，最先考虑的总是'为什么'，可这'为什么'却唯有高高在上的最高神明知道。普罗大众不能思考这类问题，否则便没法活下去了。身为普罗大众，就应当遵循不考虑这种问题的规矩。这里面最棘手的情况就是患病之人对'自我'的存在产生怀疑。我何以将我当作我？我将他人当作我似乎也无不可吧？我到底是何物？思考上述问题时，这病便已进入晚期了。怎么样，我说的没错吧？实在抱歉，这病既无解药，也无医者可医，唯有自己方能解救自己。除非机缘巧合，否则你此生便再无开怀之日了。"

二

很早之前，文字就从人类世界传到了妖怪世界。不过，这些妖怪大多都有一种习惯，那就是蔑视文字。在他们看来，鲜活的智慧是无法用文字这种死气沉沉的方式来记录的（如果是绘画，那倒还能尝试一番）。他们觉得，用文字记录智慧，就像是在徒手抓取青烟且不对其形状造成破坏，简直愚蠢至极。因此，大家对文字都很排斥，并将理解文字视为生命力衰退的症状。在这些妖怪看来，悟净整天眉头紧锁，说到底就是因为他能懂得文字。

尽管他们不崇尚文字，但这并不意味着他们也蔑视思想。一万三千之众的妖怪里面，追求哲学的不在少数。不过，他们的词汇极其匮乏，因此只能用最简单朴素的语言去阐述最复杂艰深的问题。在流沙河底，不少妖怪都在兜售自己的思想，因此这里总是弥漫着一股哲学式的忧郁。一条英明的老鱼买下漂亮的庭院，在明亮的窗前，冥想着亘古不悔的幸福；一条高贵的鱼儿，在一丛长着漂亮纹理的绿藻下面落座，拨弄竖琴，奏响宇宙和谐之音。于是，像悟净这样丑陋笨拙、憨厚老实又对自身愚笨丝毫不加遮掩的妖怪，便自然成了这群自认为理性的妖怪的嘲讽对象。

有个看似智慧的妖怪，郑重其事地问悟净说："何为真理？"未待悟净回答，他的嘴角便挂上一抹晒笑，大步流星地离开了。

还有一个妖怪，一个河豚精，听说悟净得了病，断定他的病因在于"恐惧死亡"，于是专门跑来探望，趁机对他嘲讽一番："有生无死，至死无我。何惧之有？"悟净十分平静地认可并接受了河豚精的论调。因为他很清楚，自己并非畏惧死亡，这也并非他的病因。所以，抱着嘲讽之心专门跑来的河豚精，最终失望而归。

在妖怪的世界里，肉体与心灵的界限并不若人类世界那般分明。所以，心病没用多久便转归为肉体上的剧痛，让悟净备受折磨。忍无可忍的悟净终于下了决心："不管日后之路如何艰险，不管会受到怎样的愚弄嘲讽，我定要亲自一一寻访求教河底的全部贤人、医者、占星师，直至找到满意的答案。"

他裹上粗布僧衣，便上了路。

为何妖怪只能为妖怪，而不能为人？原因就在于，他们的生命是畸形的，他们执着于自身的某一特性，全然不管这一特性是否和其他特性维持均衡，而是全力以赴地对这一特性加以强化，直到将其发展到丑陋的非人程度。

有些极度贪吃，所以嘴巴、肚子格外硕大；有的极端淫荡，所以相应器官过度发育；有的极其单纯，所以除却脑袋之外的其他部分全都退化消失。他们全都执着地坚守着自己的本性和世界观，不知道通过和外界沟通来得出更高层次的结论。就算偶尔和其他人的思想产生了碰撞，也完全是因为自身过于突出的特性延展地过了界。因此，存在于流沙河底的数百种世界观和形而上学，绝对不会相互融会。有的心怀沉稳又绝望的欢喜，有的格外开朗活泼，有的因为无法得偿所愿而哀叹连连，就像数不胜数的飘摇海藻，晃来晃去，摇曳不定。

三

悟净最先拜访的是黑卵道人，他是当时最著名的幻术大师。他用一层层的岩石在算不得深的河底造了一个洞窟，并在入口处悬挂匾额，上书"斜月三星洞"[①]五个大字。相传，洞主鱼面人身，善用幻术，已然到达生死自如的境界，更能在冬日让雷声作响，能在夏日制出寒冰，还能让飞禽在地上奔走，让走兽在空中翱翔。悟净在他的座下侍奉了整整三个月。其实，他并非感兴趣于幻术，只是觉得精通幻术的必定是真人，既然是真人那么肯定已然悟得了天地大道，具备治疗自己病症的智慧。但是，悟净大失所望。不管是于洞穴深处坐在巨鳌背上的黑卵道人，还是围在他身旁的几十名弟子，谈论的全都是玄之又玄的法术，以及更加现实的，怎样运用这些法术蒙骗敌人或者获得宝物。对于悟净想要探讨的思想问题，在他们

---

① 斜月三星洞：心，《西游记》一书中，孙悟空师父菩提祖师的道场即在灵台方寸山斜月三星洞。

眼中，根本毫无用处，因此理都不理。悟净在遭受一系列的愚弄嘲讽后，被逐出了三星洞。

　　而后，悟净又拜访了沙虹隐士，一只修行多年的、早已腰弯似弓、半截身子埋在河底沙石中的虾精。悟净同样侍奉了这位老隐士整整三个月，在照料老隐士生活琐事的同时，对他那深奥的哲学思想有了一些了解。老虾精让悟净帮自己揉着弯弯的腰，郑重其事地说：

　　"万事皆空，世上根本没有所谓的善事，就算有，那也只能是世界终将毁灭。因此，不要绞尽脑汁地思考那些深奥的道理，只需着眼于身边事，便已足够。变化、不安、懊悔、恐惧、幻灭、斗争、倦怠，这些都是永远不会停止的。这就是所谓的'昏昏昧昧，纷纷若若'①，不知所终。你我都只存活于当下这一瞬，而且，我们脚下的这一瞬，不断流逝着，成为过去。下一瞬间、下下瞬间，全都是这个样子。就像走在易于塌陷的沙丘斜坡上的旅人，走出的每一步，都无迹可寻。我们应该去什么地方安身呢？没有这样的地方。我们一生都要不停地行走，一旦停下，便会倒地消亡。幸福不过是一个虚幻的概念，绝对不是某种现实状态，只是一种徒有虚名、没有结果的希冀罢了。"

　　隐士见悟净满脸焦虑，便又说了几句安慰的话：

　　"不过年轻人，你也不必惧怕过度。被海浪吞没的人会丧命，但勇立潮头的人却能乘风破浪。超越这种变化无常，达到金刚不坏的境地，也并非全无可能。古时候的真人往往能够超越是非善恶，达到物我两忘、不死不生的境界。只是，要是按照古训，将这种境

---

① 出自《列子·力命》，原文是"今昏昏昧昧，纷纷若若，随所为，随所不为。"意思是说，现有的一切都混混沌沌，纷杂凌乱，有的去做了，有的没有去做。

界当作极乐世界，却是大谬不然。丢掉痛苦的同时就意味着身为普通生灵该享有的快乐便也没有了。无色、香、声、味、触、法，无趣得如同漫漫黄沙。"

这个时候，悟净非常小心地插了嘴，说他想询问及追求的并不是个人幸福，也不是修成不动心的方法，而是自我及整个世界的终极意义。老隐士眨了眨那堆满眼屎的双眼，说：

"自我？世界？难不成你觉得脱离自我之后，客观世界尚能存在？世界不过是自我在时间和空间上投下的幻象而已。自我死去，世界便会随之消亡。那种坚持认为自我死去之后世界尚存的思想，简直俗不可耐、十分荒唐。自我是无法定义的，是高深莫测的，即使世界消亡，自我也会继续存在下去。"

在悟净侍奉老隐士第九十天的那个清晨，老隐士在饱受数日剧烈腹痛和痢疾的折磨后与世长辞。死亡帮他摆脱了这个有着痢疾和腹痛折磨的客观世界，他十分欣慰……

悟净恭恭敬敬地料理了老隐士的后事，眼含热泪，再次启程。

相传，坐忘大师时常以坐禅之姿入睡，且五十天才会醒来。他坚信睡梦中的才是真实世界，偶尔醒来所见才为梦境。悟净走了很远，总算寻到了这位大师，他毫无意外地在睡觉。

那里是流沙河中最深的谷底，上方的阳光基本照不下来，尽管悟净在这片昏暗之前，几乎看不清东西，但他还是依稀看到一位老和尚以结跏趺坐的姿势坐在台上。这个地方根本听不到外界的声响，就连鱼儿都极少造访，悟净只能无可奈何地坐在坐忘大师对面，尝试合上双眼。他只有一种感觉——与世隔绝般寂静。

悟净来这里的第四天，坐忘大师总算睁开了双眼。悟净着急忙慌地站起身来向他行礼，他只眨了几下眼，也不知有没有看见。两个人沉默着对坐一会儿，悟净诚惶诚恐地开口问道：

"大师，恕我冒昧，我有一个问题向您请教，'我'究竟是何物？"

话音刚落，一记香板就狠狠地落在了他的头顶上，大师怒喝道：

"咄！秦时辘轳钻①！"

悟净不免有点慌乱，他正襟危坐，不一会儿又小心翼翼地问了一遍。这次坐忘大师没有打板子，他的脸和全身保持不动之姿，只把厚嘴唇张了张，如梦呓般道：

"长时间不进食会觉得饥饿的便是你，冬日降临会觉得寒冷的便是你。"

话音刚落，他便合上厚嘴唇，盯着悟净看了片刻，随即再次闭上双眼，五十天中再未睁过。悟净极其耐心地等着。五十天过去了，再次睁开双眼的坐忘大师见悟净还在，便问：

"你还没走？"

悟净毕恭毕敬地说自己等了五十天。

"五十天？"

大师用那双惺忪的睡眼盯着悟净，沉默片刻。随即，再次张开厚嘴唇道：

"唯有感受时间的那个人的实际体会才能度量时间的长短，不明白这个道理的，肯定是愚蠢之徒。听说人类世界制造出了一种能够衡量时间长短的器物，这无疑会给后世带来天大的误解。大椿之寿、朝菌之夭，有何长短之别？时间不过是你我头脑里的一种概念罢了。"

话音刚落，坐忘大师再次闭上双眼。悟净很清楚，没有五十天

---

① 辘轳钻：是秦代兴土木时用牲畜拉着使之旋转的大钻头，特点是笨重迟钝，用以指代大而无当的东西。秦时辘轳钻：出自《五灯会元》，用作当头棒喝之语。

的时间，那双眼睛是绝无可能睁开的。因此，他毕恭毕敬地向沉睡的坐忘大师鞠躬行礼，随即转身离开。

"妖魔鬼怪们，一定要常怀敬畏之心！一定要相信神明！"

在流沙河最繁华的四岔路口，一个年轻人高喊着。

"在永恒的、前后皆无止境的时间长河中，我们的一生何其短暂。我们赖以生存的狭小天地也处在广袤无垠的空间之中，只是我们对它一无所知，它也对我们无暇顾及。有哪个人可以做到面对自身的渺小而不畏惧颤抖？我们皆是拴在铁链之下的死囚。每一瞬，我们都会见证数人被处决。我们除了等待轮到自己的那一刀外，没有一点希望。人生苦短啊！难不成还要在自我欺骗和酩酊烂醉中虚度这短暂的光阴吗？该死的懦夫们！难不成你们还想靠着那点可悲的理性，在这短暂的光阴里不停地自恋吗？不知深浅的狂徒！就凭你们那点可怜的理性和意志，甚至无法控制一个喷嚏！"

年轻人白皙的脸涨红着，声音沙哑地怒喝着。他那高雅的气质有些女性化，竟然还蕴藏着这样的壮志激情，真是超乎想象。悟净震惊不已，被他那双美丽迷人又如同燃烧般激越的双眸深深吸引，竟然愣住了。年轻人的话就像是一支支神圣的箭矢，直直深入他的灵魂。

"敬爱神明，憎恶自我，是我们唯一能做的事。身为整体的一部分，切勿自认为是独立个体而妄自尊大，目中无人。一定要将整体意志作为自身意志，一定要为了整体度过此生。唯有投入神明怀抱者，方能化而为灵。"

悟净的确认为这番言辞是圣洁睿智的灵魂之声。不过，他很清楚，自己现在孜孜以求的并不是这种神圣之声。此番言辞的确是一剂良药，但将治疗疖子的良药交到疟疾病人手中，终究无济于事。

悟净在距离四岔口不远的道旁碰见了一位相貌丑陋的乞丐。乞丐佝偻得很严重：脊梁骨高耸着，将五脏六腑全都吊了起来，头顶比肩头还要低不少，下巴几乎搭在了肚脐下面。而且，从肩头到后背，全都长满了红肿溃烂的疖子。悟净见他这副模样，情不自禁地停了脚，深深叹息一声。蹲在地上的乞丐听到了他的叹息，但因为脖子不能自如转动，便向上翻着浑浊的红眼睛，咧开嘴巴露出仅剩的一颗长门牙笑了。随后，他摆动着两只被高高吊起的胳膊，跌跌撞撞地走到悟净脚边，向上翻着两只眼睛看着悟净，说道：

"觉得我可怜，是不是呀年轻人？不过，我倒认为，可怜的是你。你肯定认为我被造物主弄成这副模样，一定心怀怨恨吧？为何要怨恨呢？不，每每想起造物主将我造成这般罕见模样，我心里只想谢谢他。对往后会变成何种有趣模样，我的内心是充满期待的。要是左胳膊变成一只鸡，那我便可以让它去打鸣；要是右胳膊变成一把弹弓，那我便能打下只斑鸠烤着吃；要是屁股若变成车轮，精神化为骏马，那就十分方便的上乘座驾，一定得好好利用。怎么样，你肯定吃惊不小吧？我叫子舆，还有子祀、子犁、子来三位好朋友。我们四个都是女偊氏的弟子，都已超越肉体限制，进入不生不死的境界。水无法将我们打湿，火无法将我们烧着，睡觉时不会做梦，清醒时没有忧愁。不久之前，我们四个还开玩笑说，我们以无为头，以生为脊，以死为屁股。哈哈哈……"

尽管悟净觉得他的笑声让人不寒而栗，但他还是觉得，眼前的乞丐或许就是真人。如果他所言非虚，那的确不是一般人。不过，从他的言谈和态度里，悟净觉察出些许炫耀，以至于悟净怀疑他是强忍苦痛故意说这番豪言壮语给他听。更何况，他那丑陋的外表和身上化脓的恶臭，引起了悟净生理上的反感。所以，悟净虽然受到了很大触动，但最终还是没有留在他身边侍奉。不过，悟净倒是很想去向乞丐刚刚提到的女偊氏请教请教，因此便开口向他打听。

"唔，你是说我师父呀？从这里一直向北走上两千八百里，流沙河、赤水和墨水交汇的地方，她老人家就在那里结庐隐居。只要你求道心切，就一定会受到她老人家的谆谆教诲。机会难得，你一定要好好修行，顺便替我问师父好。"这个佝偻的老乞丐使劲儿挺着肩，神气活现地说。

四

悟净一路向北，奔向流沙河、墨水和赤水交汇的地方。

夜幕降临，他就在芦苇丛中一躺；天色一明，他就继续踩着河底无边无际的沙石荒原向北走。他日复一日地这般行走，每每看到鱼儿自由自在地翻动银色的鳞片，他也会怅然若失，不明白为何独独自己郁郁寡欢。一路上，凡是路过稍有名声的修道之士的居所，他都悉数登门求教。

悟净拜访了虬髯鲇子，他是个鲇鱼怪，浑身黝黑、相貌凶恶，因贪吃和力大而名声在外。他一边将着长长的胡子，一边对悟净说：

"一味执着远虑，必然会有近忧。道心通达的人从不执着于通观因果。就拿这条鱼来说吧……"鲇子说到这里，伸手抓住从他面前游过的一尾鲤鱼，想都不想便塞进嘴里，嚼了起来，"就拿这条鱼来说吧，为什么偏偏是它游在我眼前，并被我吃掉呢？那些道理通达的仙人最喜欢思考这里面的因果。不过，若在抓住它之前一味执着于思考其中因果，只怕猎物早就溜之大吉了。因此，必须先下手将它抓住，塞进嘴里，然后再去思考那些问题。我看你就是那种总是执着于思考鲤鱼何以为鲤鱼、鲤鱼和鲫鱼有何不同等等这些形而上学的看似高尚实则愚蠢的问题，却总是让鲤鱼溜之大吉的人。只消看一看你那忧郁的眼神，就能清楚地知道这一点。如何？我说的没错吧？"

悟净默然垂头，认为鲶鱼怪的话说得一点错都没有。这个时候，鲶鱼怪已然将鲤鱼咽下肚，他那贪婪的眼神立刻锁定在了垂首而立的悟净的脖颈上。忽然，他的眼中闪烁着凶光，咕噜噜地咽着口水。恰于此时抬头的悟净立刻意识到大事不妙，急忙抽身后撤。说时迟那时快，鲶鱼怪的利爪擦着悟净的喉咙扫了过去。他一击未中，气急败坏地扑了上来，一张大脸写满贪婪。悟净使劲儿蹬水，搅动泥沙，慌忙逃出洞穴。他心惊肉跳地想，今日总算是从这面目狰狞的妖怪身上切身体验到了活在当下的务实精神。

悟净前去垂听因主张兼爱而闻名的无肠公子^①讲道，亲眼见到这位圣僧在讲到一半时突觉饥饿，随后抓了自己两三个孩子（他本是蟹精，一次即可产卵孵化无数孩子）塞进嘴里。悟净简直看得目瞪口呆。

一位以宣扬慈悲忍辱而闻名的圣人，竟在众目睽睽之下亲手抓了自己的亲生孩子来吃，而且，在吃完之后，似乎全然忘记似的，泰然自若地继续弘扬那套慈悲道义。

他当然并非忘记了刚刚的行为，而是刚刚的充饥行为，本就是他的下意识动作——这是显而易见的。也许这便是我该学习的地方：毕竟这般忘我的经历是我生活中从来没有过的——悟净的脑海出现了这样一个奇怪的想法。悟净认为这是个十分宝贵的教训，因此便俯身跪拜。转念又想，不管遇到什么事情，自己总习惯于用概念来进行解释，不然就不罢休——这正是自己的弱点。既然是教训，那么就要躬身实践，而不是置诸高阁。的确，的确是这样的。

---

① 无肠公子：指螃蟹。

悟净再次恭敬地拜了拜，退了出去。

蒲衣子的庵堂是个非比寻常的道场。他的四五个弟子全都跟着自己老师，探寻自然的奥秘。或许于他们而言，陶醉者的名号比探索者更贴切。他们所做的不过是观察自然，并深刻体悟优美和谐中的点点滴滴。

"首先要感受。要锻炼出最美丽、最灵敏的感觉。脱离了对自然美的直观感受，思考不过是一个灰色的梦。"一名弟子如是说道，"沉下心来，感受自然。白云、蓝天、和风、冬雪，玄冰微蓝，红藻摇曳，晚上水中硅藻闪闪发亮，鹦鹉贝的螺旋、紫水晶的通透、石榴石的嫣红、萤石的碧绿。多么美丽，多么让人沉醉，将自然的奥秘娓娓道来。"他的话几乎就是诗。

"对极了。但偏偏在破解自然奥秘近在眼前的那一瞬间，幸福的预兆猝然消失，我们只得继续从侧面观察自然美丽又冰冷的面庞。"另一位弟子接着前面的话题说道，"这当然是因为我们对感觉的锻炼尚不到家，没有办法做到真正的沉心静气。我们还得继续潜心修炼，总有一天能达到老师所说的'观即是爱，爱即是作'的境界。"

蒲衣子身为老师，在弟子谈论时始终保持沉默。他用沉静柔和的深情目光，凝视着掌心那块翠绿的孔雀石。

悟净只在这里停留了一个月。他和这些弟子一样，做了自然的诗人，颂扬宇宙之和谐，不断追求与最深沉的生命同化。尽管他认为自己并不适合这个地方，但他仍旧被这种沉静的幸福深深吸引。

这几个弟子里，有一位十分俊美的少年。他的肌肤犹如银鱼般通透，乌溜溜的大眼睛犹如梦幻一般，额前的鬈发犹如鸽子胸前的绒羽一般细密柔软。他心中稍有忧愁，俊美的脸庞就会笼上一层阴霾，就如同明月被薄云遮盖；他心中欢快之时，黑眼珠便如夜空中的宝石一般闪烁光彩。老师和同门，都十分喜爱这位少年。他真诚且纯粹，从来不知猜忌怀疑为何物。但他实在美丽非凡、柔弱无比，就像是某种珍贵气体做成的一般，让大家有些不安。一有空闲，这位少年就会将琥珀色的蜂蜜滴在白色的石块上，画出朵朵牵牛花。

在悟净离开庵堂前四五天的一个清晨，少年出门之后再未回来。和他一同出门的那位弟子的汇报有些诡异：他说就在自己稍不注意的一瞬，少年蓦地溶化在水中，并坚称自己看得很真切。

别的弟子纷纷笑他信口雌黄，唯独老师蒲衣子一脸正色地点了点头，说：

"大概是真的。这样的事情大概真的会发生在那孩子身上，因为他太纯粹了。"

悟净在心中比较了一番鲶鱼怪动了吃掉自己之念时的凶狠和溶化在水中的少年的静美，随即便拜别蒲衣子，离开了。

悟净从蒲衣子的居所离开之后，又去拜访了斑衣鳜婆。这位女妖已然年逾五百，肌肤却仍旧如处女般柔嫩细滑。相传，她身姿妖媚婀娜，就算是心如铁石的人见了，也很难不春心荡漾。她的唯一生活信条就是尽情享受肉欲之欢，她的后院建有几十间兰房，豢养着许许多多从外面搜罗来的俊美男子。她常常藏身后院，断绝所有人际往来，不舍昼夜地尽享欢愉，三个月才会出来露个面。

悟净造访之时，刚好碰上她三月一次的露面之机，因此非常幸运地见到了这位老女妖。听说悟净乃是求道之人，鳜婆就以妖媚妖娆并兼有疏懒散漫的风姿，对自己的道义娓娓道来：

"道便是这样，这便是道。不管是圣人的教诲，还是贤哲的苦修，无一不是为了让这无上欢愉的瞬间延续下去。你想啊，能够在百千万亿恒河沙劫的无垠时间中生于此世，是何其偶然又何其幸运呀。可是，死亡总是猝不及防地降临。以宝贵偶然之生，等待如此简单之死，还能悟出怎样的道呢？啊！那销魂蚀骨的欢愉！那永远新鲜的沉醉！"那女妖醉眼迷离地高喊着。

"你容貌丑陋，命运苦楚，我这里也不打算留你，不妨跟你实话实说。每年，都有数百名男子累死在我的后院。不过，我可以肯定地说，他们死的时候都无限欢欣，都为自己能这般了此一生而无限满足。他们死的时候，从来没有任何人为留在这里而后悔。不过，心有不甘的倒不在少数，毕竟死了便再也无法享受那般欢愉了。"

鳜婆满眼怜悯地望向悟净那丑陋的面容，补充道：

"所谓德，就是懂得享受欢愉的能力。"

对因为相貌丑陋而被排除在每年丧命的百人之外，悟净十分感激。他辞别鳜婆，再次踏上旅途。

贤哲们的观点迥然不同，悟净有些无所适从。

在听到悟净问"我是什么"时，一位贤哲回答说："你可以先喊一声，要是听到的是哼哼声，那你便是猪；要是听到的是嘎嘎声，那你便是鹅。"

另一位贤哲则这样教导他："只有不再执着于强行对自我进行解读，才能更方便简单地了解自我。"

还有一位贤哲说："眼睛拥有看到一切的能力，却偏偏不能看到自身。因此我终究无法解读自我。"

还有贤哲说："自我恒存。在如今的自我产生意识之前，自我便已在无垠时间的一头存在了，如今的自我便是由其演化而来（尽管身在当下的我已然无从记起）。当下的自我意识灭亡之后，自我会继续存在下去，直抵无垠时间的另一头。尽管而今无人能意识到这一点，尽管到了那个时候，当下自我的意识也已定然被全然遗忘。"

也有贤哲说:"何为存续的自我?那不过是记忆之影的层层堆叠。"他还教导悟净说:"我们每天做的一切事情,无不是记忆的丧失。正是因为我们遗忘了那些曾经发生过的事,所以才会觉得不少事物有新鲜感。实际上,那不过是一些早已被我们忘得干干净净的事情而已。不要说什么昨日之事,就是刚刚这个瞬间——这一瞬的知觉、情感、一切的一切,无不在下一瞬被全部遗忘。这其中只有很少一部分能留下一些模糊的影子。所以,悟净啊,当下的一瞬,是多么弥足珍贵呀!"

五年时间的游历中,悟净就如同一位患者,在不同医者间奔走,这些医者对他这一病症开出了不同的药方。悟净不断重复着这样的愚蠢行为,最终发现自己一点都没有因此变得睿智。非但没有变睿智,他甚至隐隐约约觉得自己变成了某种轻飘飘的(似乎并非自己)、不知为何物的东西。虽说以前的自己也不睿智,但至少比如今踏实——这种感觉全然来自肉体,总而言之,他觉得从前的自己是有一些分量的。而今的自己似乎没了分量,只要一阵风就能将自己轻松吹走。就算再怎样改变修饰外表,但内里却空洞无物。

悟净有一种大事不妙之感。同时,他还预感到,除了通过思考的方式对意义进行探索,应该还有更为直接的方式。他开始意识到,自己妄想用数字计算般的答案解答这一问题,是何其愚蠢。就在这时,他发现前面的水开始变得浑浊发紫。是的,他到了——女偶氏的居所。

初次相见,悟净觉得女偶氏只是一个十分平凡,甚至有些许迂腐的神仙。自从他来,女偶氏从未指派他做事,也没有教他任何东西。"坚强者死之徒，柔弱者生之徒①"，所以她好像有些反感那种强硬猛烈的求学态度。她只偶尔低声细语过几次，但并不是刻意想要讲给某个人听。每逢此时，悟净总是赶紧凑上去听，遗憾的是，她声音实在太小，根本没法听清。三个月的时光匆匆流过，悟净并未垂听到什么教诲。

"智者知人，愚者则多知己，所以，自己的病还需自己治。"这是悟净在女偶氏的喃喃自语中唯一听清的一句话。

三月匆匆过，悟净终于绝望地放弃，因此便去拜别女偶氏。谁承想，这个时候，女偶氏竟然开了口，并侃侃而谈道："因为没有生出第三只眼而觉得凄凉之人，是愚蠢的。""因为无法控制指甲毛发生长而感到愤恨之人，是可悲的""酒醉之人从车上摔下来，虽然会受伤但不会摔死""虽然不能泛泛地说思考都是不好的，不思考的都是幸福的，这就好比猪不知晕船是何滋味一样。只是，万万不能为了思考而思考"等等。

后来，女偶氏又谈到了一位和自己相熟的、拥有无上智慧的妖怪。话说，上到星辰的运转，下到蝼蚁的生死，那位妖怪简直无所不知。借助深奥玄妙的计算，他甚至可以重现过去，推演未来。可是，这妖怪自己却非常不幸。因为某日他突发奇想："自己拥有预知世间万物万事的能力，可这万事万物为何（这里的'为何'是追本溯源，而非穷究过程原理）非得这般不可呢？"可不管他怎样运用那深奥玄妙的计算，都无法找到这个根本原因。为何向日葵是黄色的？为何草是绿色的？为何世间万物会是这般模样？种种疑问让那位神通广大的妖怪陷入了无穷的痛苦之中，并最终导致他悲惨而亡。

---

① 语出《老子》，原文是："人之生也柔弱，其死也坚强。草木之生也柔脆，其死也枯槁。故坚强者死之徒，柔弱者生之徒。"意思是说，刚强之物往往属于死亡之列，柔弱之物往往属于生存之列。

女偶氏还提到了一位妖精的故事。这是一个极其渺小丑陋的小妖精，她坚持认为自己是为了寻找某个闪闪发光的小物件而生。没有人知道她嘴里说的发光的小物件是何物，但小妖精却倾尽心血、满怀热忱地寻找着，为它而生，为它而死。最终，她并未寻到那个闪闪发光的小物件，但包括女偶氏在内的人都认为小妖精的一生幸福满满。

女偶氏只讲了这两个故事，并未阐明故事的意义。她只在最后这样说道：

"懂得终极疯狂之人是幸福的，因为他们可以通过杀死自我而拯救自我。不懂得终极疯狂之人是不幸的，因为他们无法拯救自我，不能掌握自己的生死，只能慢慢走向死亡。要知道，所谓'爱'不过是一种更加高级的理解之道；所谓'行'，不过是一种更加透彻的思考之道。悟净，你真是可怜，你一定要把所有一切都浸泡在意识的毒液之中。要知道，决定我们命运的重大变数，皆非出自我们的意识。想想吧，你可对自己的出生有主观意识？"

悟净毕恭毕敬地回答说：

"我对老师的教诲已然有了很深的体悟。实际上，在漫长的游历过程中，我已渐渐明白，执着于思索只会在泥潭中愈陷愈深，只是苦于没有突破自我、涅槃重生的办法。"

女偶氏听他这样说，便再次开口说道：

"溪水流下断崖之前总会先打一个旋，随即再化为瀑布，倾泻而下。悟净啊，现下你便是在那旋涡前面犹豫踟蹰。只要卷入旋涡，就会一下子掉进谷底。在此过程中，没有一点余地去让你思考、反省或者踟蹰。怯懦的悟净啊，你看着那些直坠旋涡之人，心中既恐惧又怜悯，与此同时，又为自己到底是纵身一跃还是另做打算而踟蹰不决。你明明对自己迟早都会坠入深渊一事再清楚不过。你也很清楚，不被卷入旋涡，绝对算不上幸福。尽管如此，你也无法舍弃作为旁观者的立场吗？愚蠢的悟净啊，你难道不明白，那些在庞大的生之旋涡中挣扎喘息的人，其实并不像旁观者认为的那般不幸（和心中存有疑虑的旁观者比起来，还要幸福不少）。"

悟净对老师的教诲体会很深，觉得老师的教诲弥足珍贵，不过，他总是觉得尚有些不能释然之处。不过，他还是带着小小的遗憾，向老师告别离开。

他拿定主意，从此以后，再不求教任何人。"看起来全都煞有介事，实际上什么都不明白。"悟净一边嘀咕着，一边踏上归途，"大家都很清楚大家都在不懂装懂，因此也要装出什么都懂的样子——大家都心照不宣地按照这个规则生活着。这是古已有之的规则，如今我却偏偏说自己这也不懂，那也不懂，还要四处求教，真是滑稽可笑，自寻烦恼！"

五

悟净是迟钝愚笨的，因此在他身上根本不会出现什么"恍然大悟"或者"如获新生"之类的华丽蜕变。不过，他身上还是不知不觉有了一些变化。

刚开始，那是一种和赌博类似的心理：若是只有一次选择机会，面对一条满是泥泞的路和一条无比艰险却有被救赎可能的路，任何人都会选择第二条路，这是毋庸置疑的。既然这样，那自己何必还要犹豫踌躇呢？至此，悟净第一次意识到自己思想中存在卑劣的功利倾向。要是选择了艰险之路，历经无尽磨难，最终却未能获得救赎，那岂不是白忙一场？自己的犹豫踟蹰正是这种患得患失的想法导致的。这是一种懒惰、愚蠢又卑劣的想法——为免历经磨难之后却两手空空，情愿放弃冒险，走上一条虽然终点是灭亡但却不甚艰险的道路。不过，待在女偊氏居所期间，他的内心被迫地产生了一些变化。刚开始那变化是被动的，而后就变被动为主动了。悟净渐渐明白，他认为自己是在探求世界的意义而非追求个人幸福的想法，从一开始便是错的。实际上，他就是在以这种奇怪的方式为借口，极力追寻个人幸福。他意识到自己根本就不是那种非同凡响的可以就世界的意义高谈阔论的人物，直面这一现实，他已不再感到自卑，而是感受到一种沉静的满足。心中有一股勇气升腾而起，既然自己对自己不甚了解，那为什么不在有能力指点江山之前试着锻炼并展现自己呢？在犹豫踟蹰之前，先去尝试一番。不论结果是成是败，只是竭尽全力地去尝试，就算注定失败也不在乎。自始至终，他都因为害怕失败而放弃努力。而今，他已然蜕变，对历经磨难之后的一无所获不再纠结恐惧。

六

悟净的躯体已然疲惫不堪。

某日，悟净突然倒在路边，并很快入睡。他睡得那般酣畅，对一切都不再有知觉，不觉饥饿，浑然无梦，就这样一连昏睡数日。

当他睁眼醒来之时，只觉得周围皎洁一片。那是个夜晚，一个明亮的月夜。天上的春月又圆又大，月华流泻入水，将清浅的河底照得白灿灿的。悟净带着酣睡之后的浑身舒爽站起身来。他忽然觉得饥肠辘辘，因此随手抓了五六条从身边游过的鱼儿，狼吞虎咽地吃了下去，又取下挂在腰间的葫芦，仰起头来灌了几口酒。真是好酒！他咕咚咕咚地喝完了一葫芦酒，才喜滋滋地迈开脚步。

小河明亮非常，就连河底细沙都能一粒粒看得分明。水草周围的小气泡，就像一串串水银珠子似的，摇摇晃晃地向水面飘升而去。时而会碰到几条小鱼，鱼儿被他惊动，一看见他，便鱼肚闪着白光躲进绿藻的暗影之中。悟净渐觉惬意，甚至想要放声歌唱——

这可真是和以往大相径庭。就在他即将开口之际，不知什么人唱响的歌声从远处飘到耳畔。他驻足聆听，觉得那声音似乎是从河水之外传来的，又像是从水底某处遥远的所在传来的。那歌声不甚响亮，但却非常清晰。细细听来，依稀可以听清歌词：

> 江国春风吹不起，
> 鹧鸪啼在深花里。
> 三级浪高鱼化龙，
> 痴人犹戽夜塘水。

悟净索性席地坐下，凝神细听。水下世界被月华染成银白色，舒缓的歌声如同随风而逝的狩猎号角，余韵袅袅，绵远悠长。

似睡非睡，似醒非醒。悟净心上荡漾，在那里如痴如醉地蛰伏良久。不久，他似乎进入一个梦幻般的玄妙世界。水草和鱼儿蓦地从他眼前消失了，一股无法用语言描述的兰麝芬芳从远处飘然而至。就在这个时候，他看到两个陌生的身影朝这边走来。

走在前边的男子手持锡杖、相貌奇伟，后面的那位头缠宝珠璎珞，颅顶肉髻高隆，妙相庄严，圆光隐现，也不是寻常人物。很快，前边的男子走到他的身边说道：

"我是托塔天王二太子木吒，这是我的师父，南海观世音菩萨摩诃萨。上到天龙、夜叉、乾达婆，下到阿修罗、迦楼罗、紧那罗、摩侯罗伽、人、非人，我师父全都平等垂怜。此番师父见你困顿苦恼，便现身说法，前来点化。你一定要好自珍重，心存感恩。"

悟净早就情不自禁地垂首跪拜。只听见耳畔响起似妙音、如梵音、若海潮音的美妙女声：

"悟净，你好好听我说，认真揣摩体悟。悟净啊，你真是无法无天。未得却谓得，未证却谓证，世尊责之为增上慢①。如今你非要参悟那些不可参悟的，便是增上慢的极端表现。要知道，你想参悟的，连阿罗汉、辟支佛尚且未能参悟，也未敢参悟。可怜的悟净，你如何会让自己的心神迷乱到这般境地？得正观即成净业，你心相赢劣，所以才会陷入邪观，遭受三途无量的苦恼。如此看来，观想已然无法救赎你，只能从此摒除一切杂念，靠着身体力行来自我救赎。时间是一种人为的衡量尺度。从宏观上来看，这个世界本无意义，但当其用于细节，便会生出无限意义。悟净啊，你一定要收敛内心、凝聚精神，把自己摆在恰当的位置，做该做的事情。一定要抛却骄狂无知的'何故'之问，从此之后，再也不要提起。除此之外，你再无其他可获救赎之法。今年秋天，会有师徒三人从东往西横渡流沙河。这三个人分别是玄奘法师和他的两个徒弟。玄奘法师前世是西方金蝉长老，如今奉大唐太宗皇帝敕命，前往天竺大雷音寺求取大乘三藏真经。悟净，你也追随玄奘法师往西天去吧。这就是你应在的恰当位置，也是你该做的事情。西行之路十分艰险，你一定要坚持不懈、勉力前行，千万不要心生疑虑。玄奘有一个名叫悟空的行者徒弟，虽然无知无识，但却坚信不疑。你要多向他学习，必然会受益无穷。"

待悟净再次将头抬起之时，眼前早就没了踪影。他茫然地站在水底的月华之中，内心有种难以名状的感觉。他的脑袋十分混乱，但又无法自已地思忖着：

"……世间事果然是因人而起，适时而发。若是在半年前，我定然不会做这般奇怪之梦……细细想来，方才梦里菩萨所言，似乎和女偊氏及虮髯鲇子所说的差别不大，但我今天晚上听了，却觉得

---

① 增上慢：佛家用语，意思是说对教理尚未有所得、有所悟，却自认为有所得、有所悟，并生骄傲自满之心。

感慨万千、受益良多，真是咄咄怪事。话说回来，我可不会蠢到相信可以因梦而获救赎。可不知怎么回事，我隐隐觉得，方才梦里菩萨提到的那个唐僧，似乎真的会从这儿路过。也许吧，该发生时自会发生……"

他一边想，一边露出了久违的笑容。

七

当年秋天，悟净果然见到了大唐玄奘法师，并有幸追随其西行。他还借助师父的法力，出了流沙河，化身为人。自此之后，他就和勇猛无畏、单纯坦率的齐天大圣孙悟空，以及生性懒惰、天性乐观的天蓬元帅猪悟能一起，踏上了新的游历之路。不过，西行路上，悟净尚未完全摆脱旧疾，还保留着喃喃自语的毛病。

"真是古怪。总觉得无论如何都想不通。主动放弃寻求不明白之事的答案，难不成就算是明白了？想来想去，还是觉得别扭！这实在是一次不甚彻底的蜕变！哼，我总觉得不太信服。不过，好在我已不似从前那般痛苦了……"

一九四二年十一月

悟净叹异
——沙门悟净之手记

吃过午饭，师父在路旁的松树下休息的当儿，悟空拽着八戒来到旁边的空地，督促他练习变化法术。

"你过来，试一试！要想自己果真要变成一条龙，懂吗？要果真这样想才行。要拼命去想，使劲儿去想，摒弃所有杂念去想，懂吗？一定要当真，一定要聚精会神、全心全意地想。"悟空说。

"好嘞！"八戒闭上双眼，双手结印。八戒转眼没了踪影，变成一条长约五尺的大青蛇。目睹这个过程，我禁不住笑出声来。

"真是个呆子！只会变蛇！"悟空骂道。大青蛇不见了，八戒现了身。

"不成啊，我就是学不会。到底是怎么回事？"八戒尴尬地哼哼着说。

"不成，不成。你怎么就不能专心点？再来一遍。好好听着，一定要用心去做，要使劲儿想着'变成龙，变成龙'！明白了吧？光想变成龙，连自己都忘了，肯定能成。"

"好嘞。"八戒再一次双手结印。和上次不一样的是，这回变出了一个怪东西。整体看着像条蛇，只是还长着小小的前爪，就跟个大蜥蜴似的。这怪东西的肚子圆滚滚的，就跟八戒自己的差不多。那怪东西还伸着短小的前爪爬了几下，那模样实在是太笨拙了。我又一次情不自禁地哈哈大笑。

"行了，行了，赶紧停了吧！"悟空怒气冲冲地说。八戒挠着头现了身。

"因为你要变成龙的意愿不够强烈，所以总也变不成。"悟空说。

"不可能。我使劲儿想'变成龙，变成龙'，特别使劲儿，特别用心。"八戒说。

"没变成就说明你还不够专心。"悟空说。

"你这话说得不对，这不就是结果论吗？"

"是呀，就是结果论。只看结果评判原因的方式肯定不是最好的，但这却是世界上最行之有效的方式。用来评判你，再合适不过。"

按照悟空的理论，变化之法便是：要想成功变成心中所想之物，非专心致志、想法强烈到极点不能成。若是没变成，那就说明心思并未迫切到那般程度。所谓修炼法术，其实就是学习怎样将自身意念变得至纯至净、强烈无比。修行过程当然是千难万难，但只要达成那般境界，从此以后就再也不必付出那般巨大的力气了，只要心意一转，便可轻松变身。其实这个道理并不仅仅适于这种修炼，练习别的本领也是同样的道理。说起人实施这种变化之术很难可狐狸却很轻松的原因，就在于人的杂念太多，精神很难集中，相比起来兽类倒是没有什么琐事烦心，精神集中起来较为容易。

悟空无疑是个天才。第一眼见到这只猴头，我便有这种感觉。初次相见时，我还觉得他那长满茸毛的红脸丑陋无比，不过，没过多久，我就被他由内而外散发出的魅力深深吸引并折服，已然完全抛却了容貌的美丑。时至今日，我甚至偶尔会觉得这只猴头容貌俊美（就算尚未达到俊美程度，起码也算得上周正）。他的神情言语，全都十分生动地体现着他的自信。他非常诚实，从不说谎。对旁人这样，对自己更甚。他的心里仿佛永远燃着一团火焰，熊熊燃烧的炙热火焰。在他身旁的所有人，很快就会被那火焰感染。听他说话，就会鬼使神差地相信他所相信的。只要跟他在一起，心中就会自信满满。他是火种，世界是为他准备的柴火。世界存在的意思，就是为了被他点燃。

在众人眼中平淡无奇之事，看在悟空眼里却往往会成为离奇冒险的开端，抑或是成为他大显神通的机缘。与其说是具有意义的外在世界引起了他的注意，不若说是他逐一将意义赋予了外在世界。他用内心的火焰，逐一引燃空虚冰冷地躺在外在世界的火药。他并不是用侦探之眼去探寻，而是用诗人（大抵是一位狂放派诗人）之心去温暖自己接触到的一切（或许偶尔也会将其烤得焦灼），并催生出超乎想象的萌芽，并让其开花结果。因此，在孙悟空的眼中，没有什么事是平庸陈腐的。每天清晨起床，他定然会对着旭日朝拜，并且一如初见般由衷赞叹，沉醉于那份美丽。差不多每日清晨都是这样。看到松子发芽，他也会瞪大双眼，为生命的萌动而惊奇。

他遇到强敌对战时的雄姿，简直和这般纯真无邪的模样判若两人！他的身手是那般勇猛、那般完美！全身紧绷不露出丝毫破绽，将金箍棒使得风生水起，却又没有一个多余招式，全都直指敌人要害。他的身体仿佛不知疲倦一般矫健狂舞，挥汗如雨，上下翻腾，呈现出一种颇具压迫性的力量感，彰显出不畏艰难险阻的坚强意志。这个其貌不扬的猴头，只要进入战斗，就会展现出一种比耀眼的太阳、盛开的向日葵、鸣叫的秋蝉更加专注、忘我、雄壮、炽烈的美感！

约莫一个月前，悟空和牛魔王在翠云山激战一场，那激烈的场面时至今日犹在我眼前。我万分感叹，于是便把这场激战的经过详细地记录下来了：

> ……牛魔王变成一只香獐，逍遥自在地啃着青草，悟
> 空将其识破，摇身变作一头猛虎，飞奔而来要将其吞下。
> 牛魔王惊骇不已，慌忙变作一头巨豹，向猛虎扑去。悟空
> 见招拆招，变作狻猊迎战巨豹。牛魔王又变作一头黄狮，
> 巨大的咆哮声如同霹雳一般，准备将狻猊撕碎。悟空就势
> 伏地，竟然变为一头鼻似长蛇、牙如尖笋的大象。牛魔王
> 抵不过，只好现出原形，化为一头首似高山、眼如电光、
> 双角若铁塔，从头到尾长一千丈有余，从蹄到背高八百丈
> 的大白牛。他高喊道："泼猴，看你能拿我怎么办！"悟空
> 也露出本相，大喝一声，转瞬便已身高万丈，头似泰山，
> 眼如日月，一张巨口堪比血池。他用力挥舞着铁棒向牛魔
> 王砸去，牛魔王用犄角抵住。两个人在山岭之间恶战一
> 场，直打得山呼海啸、石破天惊……

何其壮观呀！我简直叹为观止，甚至丝毫不想前去助阵。这并
非是因为我根本不担心孙行者会败，而是羞于给一幅尽善尽美的画
作平添蛇足。

和悟空体内的火相对应的灾厄便是油。一旦遭遇艰险，他的周
身（精神和肉体）就会燃起熊熊火焰。如果生活平平淡淡，那他反
而会意志颓丧、毫无精神。他就好比一只陀螺，若非急速旋转，便
会猝然倒下。在悟空眼中，似乎艰苦的现实就好似一张地图，这张
地图明明白白地用粗线标出通往目的地的捷径。他在认清现实状
况之时，便可以清晰地找出抵达自身目标的路。换而言之，他的眼
里只有那条路。我等这种愚钝之人尚且茫茫然无所适从之际，悟空

早已行动起来，早已沿着那条可以抵达目的地的捷径迈开脚步。人们总是对他的勇猛和神力津津乐道，却对他那天才般的智慧知之甚少。于他而言，这样的思考和判断早已和行动浑然一体。

我知道悟空不太识字，也明白他学问不高。从前他在天宫被任命为负责养马的弼马温，可他既不认识不会写"弼马温"这三个字，更不明白这个官位的职责是什么。不过，我仍旧觉得，悟空那和力量浑然一体的智慧及判断力是独一无二的。有时候，我甚至觉得他颇有学识。最起码在动植物和天文等方面，他积累了十分丰富的知识。绝大多数动物，他只消看上一眼，就能立刻知道其性情、强弱、拿手兵器之类的特征。杂草也是如此，他只消看一看，便能知道哪些能入药，哪些有毒性。不过，他却根本叫不上这些动植物的名字（通行于世的名字）。此外，他对根据星象辨识方位、时刻和季节也很在行，但却根本不知道"角宿""心宿"这些星宿名。和对二十八宿倒背如流却一个都认不清的我相比，简直是天壤之别！眼前这只大字不识一个的猴头让我深刻体悟到了，基于文字的教养是何其可悲，何其苍白！

悟空全身各个部位，不管是眼睛、耳朵、嘴巴，还是手脚，都十分鲜活，极其欢快，格外兴奋。特别是在他战斗的时候，全身所有部位都兴奋至极，就像是夏日里流连花丛的蜜蜂，几乎就要高声欢呼起来了。或许也正是因为这个缘故，虽然悟空每次打斗都专心致志、气势十足，但看上去总带着些许戏耍的味道。人们经常会说什么"必死之心"，但悟空却早已将生死置之度外。不管身处怎样的险境，他的全部精力都只会放在自己的使命（有时候是斩杀妖魔，有时候是解救唐僧）是否完成上，对于自己的生命，根本毫不在意。不管是差点被烧死在太上老君的八卦炉里，还是被银角大王用泰山压顶之法困在泰山、须弥、峨眉三座山下几乎丧命，他总是保持着这样的风格，从未为自身性命哀号一声。被小雷音寺的黄眉老佛困在那只奇怪的金铙里面，是最难受的一次经历。彼时，无论悟空是拱是撞，都没有办法打破金铙冲出来。他试着变大身形将其撑破，谁承想那金铙也会随着身形的增大而增大；他试着缩小身形，谁承想那金铙也会随着身形的缩小而缩小，简直让他束手无策。悟空拔下猴毛变出一把尖锥，想要给金铙钻个洞，可无论如何都钻不出来。就在他轮番尝试之际，那宝贝金铙发动了将其腹内所有之物化而为水的法力。很快，悟空就觉得屁股软趴趴的不成形了。但即便如此，他还是一心牵挂着被妖怪抓走的师父。悟空总是对自己的命运自信满满（只是他自己似乎并没有意识到）。没过多久，亢金龙从天界下凡助阵，竭尽全身的力气，终于把自己那坚硬如铁的角尖插进了金铙。不过，虽然角尖插了进去，但那金铙却如皮肉长成一般，严丝合缝地紧紧擒住他的角尖，一丝缝隙都没有留下。哪怕有一点缝隙，悟空也能变作极其渺小的东西脱身而出，但此时此刻，一切都很苍白。眼看屁股就要化成水了，走投无路的悟空突然灵机一动，他掏出金箍棒，将其变作钢钻，在亢金龙的角尖上钻了一个孔，随即变成芥菜籽那么大，滚入小孔，再让亢金龙拔出角来。悟空终于得救了，可他看都没看自己那早已软趴趴不成形的屁股一眼，便马不停蹄地解救师父去了。此事过后，对于当时的危险，他提都不提一句。他当时大概就没有想过什么危险或者失败之类的问题。他也必然没有想过自身的寿命长短和性命安危。或许就连将来死的时候，也是极为痛快的，甚至痛快到他尚未有所察觉。在死亡来临的前一刻，他肯定还在尽情活动、大显身手。他做事，总会让人觉得雄壮不已，但绝不会让人产生悲壮之感。

众人皆说猴子模仿人，可这只猴头却是不肯模仿人的！别说模仿人了，就是人类强加给他的观点，只要他不认可，也万万不会接受，哪怕这观点已流传万世，已世所公认。

不论是千古流传的规矩还是世俗的名望，在他眼中，都全无威信。

悟空还有一个特别之处，那就是对过往绝口不提。更准确地说，他早已全然忘却了过往之事。最起码，已经全然忘却了那些具体事件。不过，过往岁月中一次次的经验教训却早已融入他的血液，并成了他精神和肉体的一部分。也许正因如此，他才没有一一记住过往具体事件的必要。他绝对不会犯两次同样的战术错误，这也是他吸取教训的一个证明。不过，至于是在何时、历经何种磨难获得的教训，他早已彻底忘了。这猴头有一种神奇的力量，可以在不知不觉中彻底吸取经验教训。

不过，他也有永远无法忘怀的可怕经历，只有那一次！他曾感慨万千地向我说起彼时的恐惧。事情发生在他和如来佛祖初次相见之时。

当时的悟空对自己的能力还没有清晰的认识。他脚上踩着藕丝步云履，身上穿着锁子黄金甲，手里舞着从东海龙王那里抢来的、足有一万三千五百斤重的如意金箍棒，上天入地，无人能敌。他在群仙毕至的蟠桃会上捣乱，还把用来惩罚囚禁他的八卦炉打翻，大闹天宫，极其猖狂。面对众多天兵天将，他所向披靡；面对带领着三十六员雷将前来讨伐的佑圣真君，他大打出手，与其在凌霄殿前大战多半天。如来佛祖碰巧带着阿傩、迦叶两位尊者走到宝殿外面，于是便拦住悟空，想要叫停这场争斗。悟空怒气冲冲地冲撞过来，如来笑着说："见你这般威风狂妄，不知道你从何处而来，又于何处修道？"

悟空回答说："俺是从东胜神洲傲来国花果山的石头里生出来的，你不知道俺的本事，实在是愚蠢。俺早就修成了长生不老之身，能驾云而行，一个筋斗就能翻出十万八千里。"

如来听了，说道："休要口出狂言。就算翻出十万八千里，也翻不出我的手掌心。"

悟空怒气冲冲地说："简直胡说八道！"说完，便跳上如来的手掌心道，"俺显了神通，十万八千里都能飞得，怎么会飞不出你的手掌心！"

话音刚落，他就翻着筋斗出发了，约莫飞出了二三十万里，抬眼看见前方有五根肉红色巨柱。他走到巨柱旁边，蘸着浓墨在最中间那根巨柱上写下"齐天大圣到此一游"几个大字。随后便乘着筋斗云飞回了如来的手掌心，自鸣得意地说："别说你的手掌心，我一下子就飞出去了三十万里，还在巨柱上留了字迹！"

"山野蠢猴！就你那点神通能成什么大事？刚刚你不过是往返于我的手心。你如果不信，就看看我这根手指吧。"如来笑着说。

悟空心下一惊，定睛一看，见如来右手的中指上果然写着"齐天大圣到此一游"几个大字，那墨迹还未干透，不是自己写的还能有谁？他不禁想："这到底是怎么回事？"越想越慌，悄悄抬头看向如来。此时，如来脸上哪里还有笑容，只一脸严肃地盯着他。一瞬间，如来的身体便越变越大，压在悟空身上，简直把天都遮住了。悟空害怕极了，全身的血液好像都冻住了。他着急忙慌地想要从如来的掌心跳下去，谁料如来将手掌一翻，五根手指顿时变成五行山，将悟空压在了山下，随后，他又写下"唵嘛呢叭咪吽"六个金字，贴在山顶。悟空只觉得头晕目眩、天翻地覆，自己再也不是以前的自己了。悟空说到这里，身体不由自主地颤抖起来。事实也的确如此，从那个时候起，世界于他而言全然变了样。自此之后，他被封印在岩石洞窟之中，肚子饿了只能以铁丸充饥，嘴巴渴了只能以铜汁解渴，就这样等着赎罪期满。悟空从此性情大变，从之前的极度自负一下子变得极度自卑。他变得懦弱，时而还会因为不堪忍受内心困苦而旁若无人、不顾羞耻地放声大哭。五百年后，去往天竺取经的三藏法师途经五行山，替他摘下山顶符咒的时候，他也曾放声大哭，不过，这是喜极而泣。悟空愿意不远万里追随三藏去往天竺，也不过是因为感激他带来的这份喜悦而已。这样的感激，真是纯粹至极、炽烈无比。

回头去看，把一向超越纲常（超越善恶）的悟空限制在地面之上的，正是他被如来制服时的恐惧。而且，为了将这个猴形的巨大存在改造成对地上生活有益之人，如来必须让他经受五行山五百年的重压，并将他聚形缩小。现在的悟空的确被凝形缩小了，但他在我们眼中，却仍是伟大完美、独一无二的！

三藏法师这个人物神秘莫测。他非常柔弱，柔弱到超乎大家的想象。对变化之法，当然也是一窍不通。只要取经途中碰到妖精，立刻就会被抓走。这何止是柔弱，简直是毫无自我保护能力。可这般柔弱的三藏法师为何能让我们三人如此心甘情愿地追随呢（恐怕只有我会思考这种问题。悟空和八戒对师父只有纯粹的敬爱）？我认为，大概是师父那份柔弱里蕴藏的某种悲剧性深深吸引着我们。因为，我们这种由妖怪修炼得道的人身上是绝对不具备这种悲剧性的。三藏法师早已参透了自我（抑或是人，抑或是其他生灵）在大千世界中的位置，以及可悲、可贵之处。他不但可以包容这种悲剧性，而且还毫不畏惧地追寻着正确美好之物。这样的品质，正是师父拥有而我等欠缺的。和师父相比，自然是我们力气更大，也多多少少会一点变化之术，不过，要是我们觉察到了自身位置的悲剧性，便肯定不会如师父般无怨无悔地追寻正确美好之物。对于柔弱的师父内心那种难能可贵的坚强，我们唯有惊叹的分儿。我认为，柔弱外表之下包裹着的可贵的内心，正是师父的魅力所在。不过，要是按照那个不着调的八戒的说法，我们对师父的敬爱之情里面，多多少少掺杂着男色幻想，最起码悟空是这样的。

比起悟空的实干能力，在务实这个方面，三藏法师简直可以说是极其愚钝！不过，他们两人原本就有截然不同的人生目标，因此这并不会引发矛盾。师父在遇到外部困难时，往往会求之于心，也就是让自己做好承受困难的心理准备，而不是从外部寻求解决办法。不对，师父并不是临时抱佛脚似的慌忙应对，他时时刻刻都这样准备着，绝不允许外在事物动摇自己的内心。师父已然修炼到那种不管何时何地窘困至死都能保持幸福的境界。因此，他根本不需要向外寻求办法。他的肉身没有一点防备，我们看在眼里只觉心惊，可这几乎不会影响到师父的精神。至于悟空，表面看上去，他充满激情、十分聪明，但这世界上仍旧存在着他的天赋不能解决的问题。可师父却从来没有这种担心。因为于师父而言，根本没有必要去解决。

悟空会愤怒却从不会苦恼，有欢喜却从无忧愁。他对"生"有着十分纯真的肯定，这一点都不奇怪。三藏法师呢？他身体柔弱，缺乏自我保护能力，成年累月地遭受着妖怪的破坏。即便如此，师父仍旧对"生"欣然肯定。多么难能可贵呀！

有意思的是，悟空并不觉得师父比他强大。他只隐约觉得自己离不开师父。每当心情不佳，他就会觉得自己是因为紧箍咒（套在悟空头上的金箍，三藏法师会在他违逆自己吩咐的时候念紧箍咒，于是这金箍就会越箍越紧，勒入皮肉，让他痛苦不堪）才不得不追随师父。每次师父被妖怪捉走，他总会一边嘟囔着"真不让人省心"，一边着急忙慌地前去营救。有的时候，他还会抱怨说："这艰险实在太多，根本顾不过来，真是拿师父没辙！"悟空一边说着，一边感动于自己对弱者的怜悯。实际上，悟空对师父的情感里，包含着众生普遍存在的对于比自己强的人的本能敬畏，以及对美和可贵的憧憬。只是他身在其中，浑然不知罢了。

更有意思的是，对自己相较于悟空的优越，师父自己也浑然不知。每当悟空把师父从妖怪手里救回来，师父总是感激涕零道："多亏你出手相救，否则为师早没命了！"实际上，无论怎样凶狠的妖怪想吃了师父，师父都不会没命。

旁人看着他们两个对彼此的真正关系浑然不知，却一如既往地互敬互爱（当然，有些龃龉在所难免），觉得实在是有趣极了。我发现，几乎处于两个极端的这两个人，有唯一一个共同点：他们两个都把生命中的所有遇见当作必然，并从这种必然里寻求圆满，甚而将这种必然当作自由。听说构成钻石和炭的是一种元素，他们两个的生存方式甚至比钻石和炭的差别更为巨大，但他们对于现实的接纳方式却是相同的。多有意思呀！不过，他们的天才，不就体现在这种"必然"和"自由"的对等上吗？

悟空、八戒还有我，是完全不同的三种人，差别之大，简直超乎想象。比如，黄昏日暮，我们经过商议，一致决定夜宿在道旁的破庙里。但我们三个做出这个一致决定的原因却迥然不同：悟空认为这种破庙简直是专为斩杀妖魔而设的完美之地，因此决定夜宿于此；八戒则是不愿意再去费力寻找，只想早些落脚、吃饭、睡觉；至于我，我是觉得不管去什么地方都会遇上妖魔鬼怪，既然如此，那不如干脆在此处过夜吧！这是不是意味着，只要三个活人凑在一处，心思都是这样迥然不同？如此看来，世界上最有意思的便是众生的生存方式。

和孙行者的华丽绚烂相比，猪八戒有些黯淡无光。不过，毫无疑问，他也独树一帜。首先，这头猪对此生的爱那般执着，近乎疯狂。他的执着体现在他的嗅觉、味觉、触觉等所有感觉上。八戒曾对我说过下面一番话：

"我们不远万里去往天竺，为的到底是什么？是为了今世修善以求来世往生极乐吗？但是，所谓的极乐世界，到底是个什么样的所在呢？天天晃晃荡荡地坐在莲花叶上，又有什么趣味呢！极乐世界里是否也有一边吹着气一边喝热汤的幸福呢？是否也有大快朵颐，大口吃外焦里嫩的烤肉的快乐呢？要是答案是否定的，要是在那个世界只能如传说中的神仙那般吸风饮露地度日，那我可不愿意，坚决不愿意！我说什么都不会到那种极乐世界去的！咱们生活的这个世界便是最好的，虽然有不好过的时候，但也有着让人忘却一切烦恼的无上欢乐。最起码对我来说是这样的。"

随后，八戒便开始逐一细数起自己在这世上的赏心乐事：夏日在树荫底下午睡，在小溪里冲凉，在月明之夜吹笛，春日清晨赖在床头不肯起，冬日夜里围在炉边谈心事……他说了许许多多，听起来那般欢愉之时！尤其是在谈到妙龄女子的肉体之美，以及四季时鲜的各色美味时，他简直滔滔不绝，口若悬河。这大大出乎我的意料。毕竟，我从未想过这世间竟有这许多快乐事，更未想过世间有人能一个不落地享受这种种快乐。直到这时，我才意识到，原来享乐也得有能力才行。从此以后，我再也没有对这头猪生过鄙夷之心。只是，和八戒频繁交流之后，我近来又生出了一种奇妙之感。那就是，在八戒享乐主义的深处，有时会闪过一些不可名状的诡异暗影。他时常把"若非出于对师父的敬爱和对大师兄的畏惧，老猪我肯定受不了这一路艰辛，早就溜之大吉了"挂在嘴边。不过，我早已发现，在他好吃懒做的享乐主义外表下，实际上有一颗诚惶诚恐、战战兢兢、如履薄冰的内心。其实，我敢肯定，对那头猪（与我而言也是同样）而言，这一趟西天之行，是在幻灭和绝望之余能够抓住的最后一根稻草。不过，眼下我还不能全身心地破解八戒享乐主义背后的秘密。目前，我最应该做的是以孙行者为榜样，时时处处向他学习，其他的都得往后放。得等学习完孙行者之后，才能花费精力学习三藏法师的智慧，以及八戒的生存方式。只是，我几乎还没有从悟空身上学到一点东西。自从离开流沙河，我究竟有了多大进步？不仍旧是那个吴下阿蒙吗？在一切太平的时候劝说悟空不要太过激进，每天督促八戒以免他过于怠惰，这便是一路上我发挥的全部作用。除了这些，我再没有发挥过丝毫积极作用。像我这般行事，不管轮回几世，不管活在哪种世道，都只能做一个调停者、忠告者、观察者。是不是说我最终也不能成为一个行动者？

每次目睹孙行者的行为，我都会不由得想，熊熊燃烧的火焰对自我的燃烧是不自知的，假如对自我的燃烧有所察觉，那必然尚未真正彻底燃烧。每次目睹孙行者那自由奔放、无拘无束的行为方式，我都会不由得想，所谓行为自如，必然是内心已经十分成熟，非这样做不可，于是便自然而然地流露在了外放的行为上。不过，我也仅仅是停留在想的层面，尚且没有追随悟空走出过哪怕一步。我一直存着想学的心，可是面对悟空十分强大的气场和独有的暴躁脾气，我实在过于畏惧，根本无法接近他。实话实说，不管从哪个层面来看，悟空都不是一个让人欣慰的朋友。他从不顾及旁人感受，只一味地怒骂呵责。他总是用自身能力为标准去要求旁人，要是旁人做不到，他就会怒火中烧，简直让人受不了！换而言之，对于自己那非比寻常的才干能力，他是没有察觉的。他不是坏人，也并不是故意让人难堪，这一点我们大家都知道。他只是对弱者能力之低下没有办法理解，因此在弱者产生犹疑不安情绪的时候，也无法生出同情之心，最终便会因过度焦躁而大发雷霆。要不是我们的无能常常将他激怒，他其实就是一个善良天真的孩童般的人。八戒总是贪睡偷懒，还不能熟练掌握变化之术，因此总是挨骂。和八戒比起来，我不怎么惹大师兄发火，那是因为我始终和他保持距离，尽可能地不在他面前出错。长此以往，我是不可能跟他学到任何东西的。所以，从此以后，就算大师兄的脾气再火爆，我也一定要向他靠近。就算要承受他的斥责、殴打、辱骂，甚至不得不和他对骂，我也要亲身体验学习那猴头的所有本领。只这般一味地远观、感慨，是不会有任何收获的。

晚上，只我一人未曾入眠。

今天晚上没有找到住处，我们四个在后山小溪旁的一棵大树底下席草而卧，和衣而眠。悟空睡在稍远的地方，但他鼾声如雷，震彻山谷。他每呼噜一次，头顶树叶上的露水就会滴滴落下。尽管入了夏，但山间夜里，还是有些许凉意。此时已然过了午夜，我始终躺在草上，望着斑驳树枝间透过的星星。孤独，难以名状的孤独。就如同孤身一人站在远处的星星之上，眺望着漆黑、冰冷、空空如也的世界。我总觉得星星是永恒的，是无限的，因此向来没有看它们的想法。不过，如今我这般仰面而卧，就算心中不愿，也不得不看。在一颗银白色的大星星旁边，有一颗赤红色的小星星。在它们之下，有一颗暖黄色的星星，晚风微拂，树叶轻摇，它便时隐时现。一颗拖着长尾巴的流星划过夜空，消失不见。不知怎么的，我的脑海中竟猛地浮现出了三藏法师那清澈忧郁的眼眸。他的双眸仿佛无时无刻不在凝望远方，仿佛无时无刻不充满悲悯。只是，我一直不懂那悲悯源自何方，此时此刻却茅塞顿开。师父凝望的是永恒，还有与那永恒对比鲜明的、地上全部事物之命运。毁灭是注定的结局，可是在此之前，睿智、爱情等诸般美好之物无不在尽情绽放。师父那永恒的注视和怜悯的目光总是投放在诸般事务之上。我坐起身来，凝望身旁师父的睡颜。望着他那安详的睡颜，听着他那平静的呼吸，我觉得心底某处突然被点燃了，仿若冒出火苗般温暖。

一九四二年十一月

盈　虚[①]

卫灵公三十九年秋天，太子蒯聩尊奉父王之命出使齐国，路上经过宋国的时候，听到田间耕作的农夫都在唱一首十分古怪的曲子：

> 既定尔娄猪，
>
> 盍归吾艾豭？
>
> （母猪已然送给了你，
>
> 为何还不把公猪归还？）

太子蒯聩听到之后，不禁脸色大变，因为他听出了这歌的弦外之音。

父亲灵公的夫人（此人并非太子生母）南子是从宋国来的，不仅姿色出众，而且才智过人，哄得灵公对她言听计从。近来，南子夫人又说服灵公把宋公子朝招揽到卫国来，任命为大夫。宋朝是举世闻名的美男子，早在南子嫁来卫国之前便和他暗通款曲，而且，此事只有灵公被蒙在鼓里。而今，这两个人在卫国宫禁再续孽缘，越发的明目张胆。宋国农夫所唱曲子里的母猪公猪，无疑是在影射

---

① 取材自《左传》。

南子和宋朝。

太子从齐国出使归国之后，就叫来家臣戏阳速商量应对之策。第二天，太子前去拜见南子夫人时，戏阳速已然躲藏在房间角落的帷幕后面，怀里揣着一把匕首。太子一边若无其事地和南子寒暄，一边不停地向帷幕那边使眼色。刺客戏阳速大概是突然感到害怕，无论如何都不肯现身。太子再三示意，那黑色的帷幕只略微晃了几下，作为回应。南子觉察出了太子的异常，顺着他的视线看去，立刻意识到角落处有可疑之人藏身，便高声惊呼着逃进内室去了。灵公听到动静赶了来，握着南子的手不停地安抚。南子仍旧花容失色地大喊道："蒯聩想杀我！"

待到灵公派出士兵征讨太子之时，太子和刺客早已逃出都城，远远地逃命去了。

太子蒯聩先是逃到了宋国，随后又逃到晋国。他逢人就说是戏阳速胆小怕事，背叛了自己，才导致刺杀淫妇的大好义举功败垂成。这话传到了同样从卫国逃出的戏阳速耳中，他辩驳说："根本没有的事，明明是我险遭太子构陷。太子不讲道义，逼迫我去刺杀他的后母。我要是不应允，他就会杀害我；我若果真杀了夫人，他又会把我当成替罪羊。因此，我才假装答应，但并不真的刺杀。"——戏阳速说这正是他深思熟虑之后做出的选择。

当时的晋国正因为范氏和中行氏作乱而疲于应对。齐、卫等国暗中支持这些叛乱者，因此这场叛乱短时间内很难平息下来。

卫太子蒯聩逃入晋国之后，投奔了权倾朝野的赵简子。赵简子对这位逃亡太子十分礼遇，其目的当然是打算通过拥立蒯聩来和而今在位的和晋国敌对的卫侯相对抗。

尽管蒯聩颇受礼遇，但是和在故国时比起来，他的身份地位落差极大。晋国绛都多山地，和地处平原的卫国，风情差别巨大。太子在这个地方百无聊赖地过了三年，接到了远方传来的父亲卫侯薨逝的消息。

据说，因为国内太子缺位，因此卫国只得立蒯聩逃亡时留在本国的儿子辄即国君之位。蒯聩原本认为，卫国必定会立自己的异母弟弟为君，因此听闻这个消息时，他的心中简直五味杂陈：那个小小稚子竟然成了卫侯？只要想到三年前儿子那稚气未脱的样子，蒯聩就觉得此事甚是荒唐。他认为，由自己回到卫国即位为君，才算顺理成章。

于是，在赵简子兵士的护卫下，流亡太子蒯聩斗志昂扬地渡过黄河，再次踏上故国土地。可是，刚刚到达戚邑，他便发现自己已然无法再东行寸步。原来，刚刚即位的卫侯不欢迎太子归国，集结大军在此阻击。太子蒯聩等人只得痛哭流涕、身着孝服，以凭吊先君之名博取当地百姓同情之后，才被允许进入戚邑。这样的变故大大出乎太子意料，让他怒火中烧，但却无计可施。也就是说，他一只脚刚刚踏入故国，就不得不收住脚步，等待时机。而且，这一等就是十三年，真是事与愿违。

曾经身为自己儿子（以前的他是那般可爱）的辄，已不复存在，有的只是年轻力壮的卫侯，他夺走了本该属于自己的国君之位，而且不遗余力地阻止自己归国，真是既贪得无厌，又面目可憎。那些曾在自己麾下效力的大夫，竟然无一人前来问候。他们甘愿在年轻傲慢的卫侯及对其进行辅佐的诡计多端又道貌岸然的上卿孔叔圉（说起来这个老头子还是蒯聩的姐夫）手下听命，安然为他们效力，仿佛全然没有听说过蒯聩这个名字。

清晨的朝霞，黄昏的夕阳，十年时光随着滔滔黄河水悠悠而逝，从前那个浮夸浪荡的如玉公子已然不见，如今只剩下一位性情怪癖、饱经沧桑的中年人。

公子疾，蒯聩的儿子，当今卫侯辄的异母弟弟，是这百无聊赖的生活中唯一的慰藉。蒯聩刚到戚邑，公子疾就随母亲来到父亲身边，一家三口一起在此地生活。蒯聩早已下定决心，若是自己大业得成，一定要将其立为太子。

除儿子之外，斗鸡也是蒯聩宣泄心中近乎绝望的豪情的一种方式。斗鸡既能满足他赌博、施虐的心性，又能让他为雄鸡的骁勇矫健之美而沉醉。尽管他生活得不算宽裕，但他还是耗费巨资建造了一座座颇为奢华的鸡舍，豢养着一群骁勇健美的斗鸡。

孔叔圉死后，他的遗孀伯姬，也就是蒯聩的姐姐，开始操纵自己儿子孔悝，并借由他的身份玩弄权势。不过，于流亡太子蒯聩而言，国都的政治形势正在向对他有利的方向转变。伯姬的情夫浑良夫成了这对姐弟的联络人，在国都和戚邑之间频繁往返。太子为了让浑良夫衷心为自己效力谋划，向其承诺，只要大功告成，便任命其为大夫，并享有免死三次的特权。

周昭王[①]四十年闰十二月的某一天。在浑良夫的策应下，蒯聩秘密进入国都，于黄昏时分，男扮女装潜入孔府，和姐姐伯姬、浑良夫一起，挟持身为孔家家主、卫国上卿的外甥（伯姬的儿子）孔悝，强迫其加入自己的阵营，发动政变。蒯聩之子当今卫侯闻讯立刻出逃，身为父亲及曾经太子的蒯聩代之为王，史称卫庄公。此时距离他受到南子追杀逃离卫国，已然过去了十七年。

庄公即位为君，最先做的，既不是调整外交，也不是整顿内政，只一味地补偿自己那些许多的光阴，或者说是对过去种种进行清算和报复。失意之时没有能力享受的快乐，现在必得一刻不停地充

---

① 原文写作周昭王，其实应当是周敬王。

分满足；失意之时惨遭践踏的自尊心，现在也必得立刻傲然充实如初：将那些欺辱过自己之人处以极刑，将那些鄙夷过自己之人加以严惩，将那些未曾对自己心怀怜悯之人漠然置之。至于那个导致自己流亡在外的源头——先君夫人南子，可惜已于前年死去，真是让他万分遗憾。否则，他必然会将那个淫妇抓起来，让她尝尽羞辱折磨再处以极刑——这便是他流亡在外的寂寞岁月中最让他振奋的梦。对于那些曾经对自己不闻不问的众多重臣，他说：

"寡人流落在外，备尝流离颠沛之苦。你们偶尔经历经历，说不定这样的经历会成为你们的良药。"岂止两三位卫国大夫因为这句话而出逃国外。

按照之前的约定，蒯聩本该重谢姐姐伯姬和外甥孔悝，但他却在某天晚上邀请二人前来赴宴，将母子两个灌醉之后塞进马车，让车夫直接赶车到了其他国家。

在即位为君的第一年，蒯聩就像是中了邪一样，一刻不停地打击报复。至于他为了弥补在颠沛流离中虚度的青春，搜罗都城一带的美人纳入后宫的事，更不用赘言。

蒯聩即位之后，践行诺言，将在流亡岁月中和自己患难与共的公子疾立为太子。这个在他眼中还是个孩子的爱子，不知不觉中已然成长为一表人才的年轻人。有些时候，他会表现出和年纪不相符的阴森冷酷，大概是因为童年坎坷、看尽了人性阴暗的缘故吧。蒯聩自幼对这个儿子格外溺爱，因此二人的相处模式向来都是儿子傲慢不逊，父亲妥协退让。身为父亲的卫侯只有在面对这个儿子的时候才会展现出旁人难以理解的怯懦柔软。如今，唯有太子疾和晋升为大夫的浑良夫可以算得上卫庄公的心腹。

某天晚上，庄公和浑良夫谈起上任卫侯辄在出逃之际，将国内代代相传的镇国之宝全部带走之事，问他是否有办法寻回宝物。浑良夫屏退秉烛侍者，亲自拿着烛火凑到庄公身旁低声道：

"太子疾和逃亡之君辄都是君上的儿子。您可以将他召回来，和太子疾比较比较，看看谁的才干更出众，并选择才干出众的立为太子。如果逃亡之君辄才干不行，那也可以取回他带走的宝器……"

不过，或许彼时恰好有密探藏在屋子里。虽然浑良夫分外小心地屏退左右，但他给庄公出的主意却原原本本地传进太子耳中。

第二天一大早，太子疾怒气冲冲地带领着五个手拿兵刃的壮汉闯进父亲寝宫。庄公不仅没有斥责太子僭越，而且被吓得面无血色地直哆嗦。太子命壮汉当着庄公的面宰杀公猪，逼迫父亲起誓，保证不会动摇自己的太子之位，并且逼迫他立即诛杀奸臣浑良夫。庄公说："我曾承诺赦免他三次死罪。"太子说："若赦免三次之后还犯死罪，就得立即将他处死！"面对儿子的威逼气势，庄公竟然丝毫不敢违抗，只唯唯诺诺地说了句"好"。

次年春天，庄公在郊外的花园建了一座亭苑，亭子的垣墙，一应器物、帷幔都以虎纹装饰。亭苑落成那日，庄公大摆宴席，遍邀宾客，卫国名流悉数身穿华服出席。出身微贱的浑良夫陡然之间飞黄腾达，再加上他原本就讲究排场、贪慕虚荣，所以当天赴宴时简直极尽奢华，不仅身穿紫衣，身披狐裘，而且乘坐着两匹骏马拉着的豪华马车。鉴于庄公设宴时便已申明不拘礼数，所以他带着佩剑就入了座。宴席进行过半，因为觉得闷热，又将裘袍脱了。太子见状，一下冲到他的座前，一把将他揪出，用长剑指着他的鼻尖，呵斥他恃宠而骄、不讲礼数、无法无天，还说要替庄公杀了他！

浑良夫知道自己力不能及，因此并不抵抗，只向庄公投以哀求眼神，并大喊："君上曾经承诺，免我三次死罪。就算我今天真的犯了罪，太子也不能杀我！"

"三次？"太子嗤之以鼻，随即历数他的罪状："第一条罪状，今天你身着只有国君才能穿的紫衣；第二条罪状，今天你乘坐的是只有天子近臣才能乘坐的双驾马车；第三条罪状，你当着君上的面脱下裘袍，而且带着佩剑赴宴进食。"

浑良夫拼命挣扎着，大喊道："仅凭这三条罪状，太子还是不可杀我。"

太子说："还有一条罪状，你怕是忘了那天晚上的谗言了吧？你这个佞臣，竟然妄图离间君臣父子！"

浑良夫顿时面无血色。

"这样一来，恰是四条罪状！"

太子话音未落，浑良夫的人头早已滚落在地，殷红的鲜血喷溅在绣着金丝猛虎的黑色帷幔上。

庄公面如土色，一言不发地看着儿子的一举一动。

晋国赵简子派遣使者来给庄公传话，大概意思是说：卫侯颠沛流离的时候，他曾施以援手，虽然那帮助不值一提，但卫侯归国顺利即位，竟然没了音讯，到底是何缘故？假如卫侯的确国事繁忙，最起码也应该派遣太子出使晋国，问候晋侯。这番说辞中的威严傲慢，又勾起了庄公对自己那段悲惨过往的回忆，大大挫伤了他的自尊心。只好暂且以国内纷乱未定，尚且需要些时日的说辞作为回应。

谁承想，太子竟暗中派遣使者跟随晋国使者来到晋国，说那套说辞不过是庄公的外交辞令。实际情况是，庄公对过往受到晋国帮助之事讳莫如深，所以才故意拖延，希望晋国千万别上当。赵简子对太子这一想要尽早取父亲而代之的行为心领神会，也对他这拙劣的伎俩心生不快。不过，他觉得，必须严惩这个背恩忘义的卫侯。

当年秋天的某个夜晚，庄公做了一个奇怪的梦。

在一片荒凉的原野上，有一座破败的楼台，屋檐早已歪斜。一个披头散发的男子拾级登楼，嘴里不停大喊着："看呀，快看呀！瓜，全都是瓜。"庄公觉得这个地方有些熟悉，猛地想起此地便是上古昆吾氏①之墟。他定睛一看，只见地上果真长满了瓜。"是什么人把瓜从小养到大？又是什么人帮助那个颠沛流离居无定所的人成了威风赫赫的卫侯？"楼上的男子哭天抢地地狂吼着！庄公只觉得这个声音耳熟，他心下一惊，凝神细听，那声音清晰洪亮地喊道："我是浑良夫，我有什么罪？我有什么罪！"

庄公从梦中惊醒，全身都是冷汗。这个梦让他十分郁闷，于是，他踱到露台上散心。夜已深，色近赤铜的混混沌沌的红月亮挂在原野尽头。庄公一副看到不祥之物的样子，皱着眉头返回屋里，满腹心事拿起占卜的筮草②凑到灯下。

第二天，被庄公叫来解卦的筮师说："无害。"庄公大喜过望，当即给筮师封赏了田邑。不过，筮师退下之后，即刻慌忙逃出了卫国。因为他很清楚，如果按照卦象实话实说，自己只有死路一条。所以才用假话蒙混庄公，留出时间赶紧逃命。

后来，庄公又卜了一卦。卦辞显示："如鱼赪尾，衡流而方羊。裔焉大国，灭之，将亡。阖门塞窦，乃自后踰。③""大国"自然是指晋国，可其余卦辞是何意思，庄公却不太明白。不过，他确信一点，那就是身为卫侯，已然前途堪忧。

庄公无可奈何地接受了来日无多的现实，对怎样解决晋国威胁及太子跊匄等实际问题毫不上心，满心想的都是趁着那不祥预言尚

---

① 昆吾氏：中国先秦时期的一个氏族部落。
② 筮草：蓍草，古代用于占卜。
③ 大意是，像一条浅色红尾鱼，穿越激流的时候彷徨不决。与大国为邻，消灭它，将要灭亡。关好门堵住洞，翻越后墙。

未成真纵情享受一切快乐。他大兴土木，加重劳役，弄得工匠、石匠等苦不堪言、怨声盈路。他还再度沉迷有一阵子没玩过的斗鸡把戏。和往日落魄时不同，如今的他可以随心所欲、极尽奢华地享受这项娱乐。他不遗余力地动用金钱、权势，将国内外的上品雄鸡悉数搜罗回来。其中有一只稀奇上品，是从鲁国贵族手里买来的，羽毛黄澄澄似金，爪子坚硬如铁，鸡冠高耸，鸡尾昂扬。或许卫侯会有不进后宫的日子，但欣赏这只雄鸡振翅奋羽的雄姿，却是一日都不耽搁。

某天，庄公登上城楼俯瞰都城街市，发现有一个地方极其混乱脏污。他问随从那是什么地方，随从说是戎人部落。戎人是来自西方治外之地的异族血脉。庄公觉得那个地方看着碍眼，就下令将他们驱逐到了城门外十里处。很快，这些贱民就拖家带口，携着老幼，车载肩挑着那可怜的家当出了城门。站在城楼上的庄公，将他们被官兵驱逐时仓皇失措的惨状尽收眼底。他看到被驱逐的人群里面有一位青丝如瀑、美丽非凡的女子。于是，他即刻令人前去将其寻来。那女子是戎人己氏的妻子，虽说相貌平平，但一头青丝却煞是乌黑油亮。庄公竟以要给某位后宫宠妃做假发为由，让随从将这女子的秀发连根剃净。己氏见到被剃光头发的妻子，赶忙拿出斗篷蒙在她的头上，横眉怒目地看向高高站在城楼上的卫侯。尽管官兵不停鞭笞，他也不肯就此离去。

当年冬天，卫国大夫石圃得知卫侯打算铲除自己，于是便先下手为强，举兵倒戈袭击国都，和从西边入侵的晋军遥相呼应。也有人说，他这样做是和太子疾合谋作乱。

庄公下令紧闭城门，亲自登上城楼向叛军喊话，做出种种议和承诺。但石圃态度坚决，根本不为所动。无可奈何的庄公只能选派为数不多的禁卫亲兵严防死守，双方僵持到夜幕降临。

庄公很清楚，唯有趁着月亮升起前的黑暗才有可能逃走。因此，他带着诸位公子和少数随从，抱着那只鸡冠高耸、鸡尾昂扬的雄鸡，从宫城后门翻墙而出。整日养尊处优的卫侯何曾翻过墙，稍不注意就一脚踩空，摔了个跟头，还把脚给扭伤了。不过，这种紧要关头，哪里顾得上这些，只能让随从搀扶着，在漆黑的旷野上匆忙快走。他很清楚，不管怎样，都要在天亮之前出了国境，进入宋国。

奔走许久，忽然觉得半空中浮现出一缕游离在漆黑旷野之外的朦朦胧胧的黄光。月亮升起来了。那月亮混混沌沌的，呈现出赤铜之色，和那晚从梦中惊醒之后在露台上见到的如出一辙。就在庄公心中暗想晦气之时，突然有几个黑影从两侧草丛里面蹿出扑来。庄公来不及分辨来的是强盗还是追兵，只能竭尽全力殊死一搏。公子随从几乎悉数被杀，只有趴在草丛里的庄公侥幸逃脱。大概是因为他一直趴着，所以未被注意吧。

庄公回过神来，见被自己紧紧搂在怀里的那只雄鸡早就没了气息，正因如此，它才自始至终一声未啼。虽然如此，他还是舍不得将它丢弃，只好单手拽着死去的公鸡继续匍匐前行。

他无意中看见旷野的角落好像有一个小小的村落，住着不少人家。他费尽力气爬进村子，倒在第一户人家门口，只有一息尚存。

有人将他搀扶进屋，还递给他一碗水。他捧着碗一饮而尽，一个粗犷的声音传入耳中：

"你终究还是落到了我的手里！"

惊慌失措的庄公慌忙抬眼去看，只见说话的大概是一家之主。那人脸色很红，门牙很大且外凸，此时正死死瞪着自己。他努力回想这人是谁，却无论如何都想不起来。

"不记得我了？不稀奇！不过，你总不至于把她也忘了吧？"

男人说着叫来了在屋子一角蹲着的那个女子。庄公借着昏暗的灯光看向女子的脸，吓得丢掉那只早已死去的公鸡，差点瘫倒在地。这个用斗篷遮住脑袋的女子，不是别人，正是那个因为要给自己的宠妃制作假发而被连根削去满头秀发的女子，也就是己氏的妻子。

"饶了我，饶了我吧！"庄公嗓音沙哑，双手颤抖着将随身佩戴的美玉摘下来，递到己氏面前。

"饶我性命，这块玉璧就归你了。"

己氏早已将番刀从刀鞘中抽出，现下正步步逼近。听他这样说，不禁笑道：

"难不成杀了你，玉璧还能跑了？"

这便是卫侯蒯聩的结局。

一九四二年七月

牛　人①

　　鲁国有一个名叫叔孙豹的人，年轻的时候，曾经逃往齐国避难。走到鲁国北部边境一个名叫庚宗的地方时，叔孙豹邂逅了一位美貌女子。二人互生情愫，于当晚同温鸳梦。第二天一早，二人依依惜别，叔孙豹便去了齐国。后来，叔孙豹一直生活在齐国，还娶了齐国大夫国氏的女儿为妻，并和妻子生育了两个孩子，早已将当初道旁的露水情缘忘了个干干净净。

　　某天晚上，叔孙豹做了个梦。梦中的气氛十分沉闷压抑，整间屋子都被不祥之兆笼罩着。忽然，屋顶悄无声息地压迫而下。尽管下压的速度非常慢，幅度非常小，但是的的确确是在向下压。时间缓缓流逝，屋里的气氛愈来愈凝重，就连呼吸都困难起来。叔孙豹挣扎着想要逃跑，可后背就像是被粘在了榻上一样，根本动弹不了。尽管看不清楚，但他却能清晰地感觉到：黑漆漆的天就像千斤巨石一般重重地压在屋顶上。屋顶缓慢迫近，就在他几乎再也承受不了胸口的重压时，猛一转头，发现身边站着一个肤色黝黑、身体佝偻、眼眶深陷、口齿如禽兽般突出，整体看去似一头纯黑之牛的男人。

　　"牛！快帮帮我！"

　　叔孙豹疾呼道。于是，那肤色黝黑的男子抬起一只手，托住向

---

　　① 本文取材自《左传》。

下压来的千钧重量，又伸出另一只手，轻抚叔孙豹的胸口。很快，刚刚那种压抑的感觉便消失了。

"太好了！"

叔孙豹不由得长叹一声，从梦中醒来。

第二天，叔孙豹将所有侍从奴仆全都聚起来，逐一检查辨认，没有找到一个和梦中牛人长相相似的。此后，他也曾暗中留意那些出入齐国都城的人们，也没有发现那般长相之人。

几年过去了，鲁国又一次发生政变，叔孙豹把家眷留在齐国，只身一人仓皇回国。后来，他成功跻身鲁国朝堂，被任命为大夫之职，才想着将妻子孩子接来团聚。谁承想，这个时候，他的妻子早已和齐国的某位勾搭成奸，非常坚决地拒绝回到丈夫身边。最终，前来鲁国和父亲团聚的，只有孟丙、仲壬这两个儿子。

某天清晨，有位女子带着野鸡礼物登门求见。刚开始，叔孙豹根本认不出这人是谁，片刻交谈之后便恍然大悟，这个女子便是他十几年前逃往齐国经过庚宗时与他有过一夜露水情缘之人。叔孙豹问这女子是不是独自一人来的，那女子说还带着一个儿子，是叔孙豹当年留下的血脉。叔孙豹让她把儿子带来，看到那人长相，不由得大吃一惊。原来，眼前之人肤色黝黑、身体伛偻、眼眶深陷，和那夜梦里出手救他的黝黑牛人简直一模一样。叔孙豹情不自禁地叫了声：

"牛！"

那肤色黝黑的少年先是一脸惊讶，随即便应了一声。叔孙豹更是万分惊诧，他问眼前的少年叫什么名字，少年回答说：

"小人叫牛。"

于是，叔孙豹当场收留了这对母子，还让那少年做了家里的竖子（童仆）。正因如此，这个长大成人后仍旧与牛神似的少年便被称为竖牛。尽管他其貌不扬，但却聪明能干，处事得体，只是脸色总是阴沉沉的，从来不和别的童仆一起玩耍。只有在面对主人的时候，他才会露出笑脸。叔孙豹对他宠爱有加，他一成人，便将家里的所有事务都交由他去打理。

他那张眼眶深陷、口齿突出、黝黑锃亮的脸上，时而也会露出笑容，虽然十分滑稽，倒也别有一番动人之处。他总会让人觉得，长得这般滑稽之人，是不会居心不良的。不过，唯有在尊长跟前，他才会展现出这副面孔。当他阴沉着脸思考问题时，展现出的就是异乎常人的、颇为怪诞的残忍。任是哪位同辈之人看到他这副面孔，都会不由得惶恐不安。不过，他好像可以毫不刻意地自如切换这两副面孔。

尽管叔孙豹对他十分信任，但也并没有立他为后嗣的打算。这是因为在叔孙豹看来，竖牛虽然能妥善处理家族私事，并拥有独一无二的管家之才，但以他的仪表风度，实在难以堪当鲁国名门家主的重任。对于这一点，竖牛也十分清楚。竖牛在叔孙豹的儿子面前，尤其是在自齐国而来的孟丙、仲壬二人面前，始终殷勤备至、曲意逢迎。而这些人对这个有些阴森的家伙则是极其轻蔑，而且对父亲对他的宠爱没有一丝嫉妒之心。这大概是因为他们对自己在资质上的优势自信十足吧。

自从鲁襄公薨逝，年少的昭公即位为君，叔孙豹的身体便每况愈下。有一次，从丘莸狩猎回来的时候，叔孙豹染上了风寒，卧病在床休养，竟至无法起身活动。病榻上的一应事务，小到饮食安排，大到命令传达，全都由竖牛一力承担。不过，竖牛对待孟丙等公子的态度却比之前更加谦卑恭敬。

在叔孙豹尚未卧病之时，曾令身为长子的孟丙铸钟，并对他说："你和国内的大夫们关系不算亲近，待钟铸成之后，可以以庆贺的名义宴请大家。"很明显，这是想让孟丙继承家业。

谁知，那口大钟直到叔孙豹卧病之后才铸成。孟丙想要问问父亲，该把宴请大夫们的日子定在什么时候，因此就让竖牛进去通报。彼时，除非特殊情况，除竖牛之外的任何人都不能出入病房。竖牛受孟丙之托走进病房，不过他并没有向叔孙豹禀报这件事。走出病房之后，竖牛谎称已经问明家主意思，随口说了个日子。

　　孟丙大宴宾客当天，在宴席上第一次敲响了新钟。病榻之上的叔孙豹听到钟声非常奇怪，就向竖牛询问。竖牛回答说，是孟丙在大宴宾客，庆贺新钟铸成。叔孙豹听了脸色骤变，斥责孟丙竟敢未经许可私自做只有继承人才能干的事。竖牛还不失时机地添枝加叶说："孟丙还邀请了自己母亲那边的亲朋。"竖牛很明白，只要提到那位不守妇道的妻子，叔孙豹就会大发雷霆。病人果然怒火中烧，想要起身赶赴宴席。竖牛将他紧紧抱住，劝他无论如何都不能伤了身子。叔孙豹咬牙切齿地说："他肯定是觉得我的病好不了了，没几日活头了，所以才敢这样肆无忌惮！"于是，令竖牛不用拘于礼法，即刻捉拿孟丙入狱。还说，要是孟丙胆敢反抗，就是杀了他也无妨。

　　宴席结束之后，自认为是叔孙家继承人的青年满心欢喜地送走了诸位宾客。孰料，第二天一大早，他就成了后院杂草丛中的一具弃尸。

　　孟丙的弟弟仲壬向来和昭公近侍关系不错，某天进宫访友的时候刚好被昭公看见。昭公和他聊了几句，见他应对得体，心中很是满意，就在临走之际赐了他一枚玉环。仲壬这个青年处事非常本分得体，认为国君赏赐，应当请示父亲之后再行佩戴。因此，便烦请竖牛将这件喜事向父亲汇报，并呈上玉环请父亲过目。竖牛接过玉环走进病房，却并未将玉环呈给叔孙豹，甚至未曾提及一句仲壬前来禀报之事。随即，竖牛出了病房，对仲壬说父亲很欣慰，让你即刻将玉环佩戴上。

几天之后，竖牛对叔孙豹说："孟丙已经死了，只有仲壬有资格被立为后嗣，是不是应该让他去拜见一下国君呢？"

叔孙豹说："这件事还没有确定下来，因此不急于让他现在就去。"

"但是，不论身为父亲的您是何考虑，身为儿子的他却早已认定此事。而且他早就已经拜见过国君了。"竖牛接着说。叔孙豹认为自己儿子坚决不可能这般行事，竖牛却信誓旦旦地说："仲壬这段日子一直佩戴着国君赏赐的玉环。"

叔孙豹立即令仲壬前来相见，果然见他身上佩戴着玉环，并且承认那正是国君赏赐之物。身为父亲的叔孙豹，艰难挣扎着已然无法自如活动的身体坐起身来，大发脾气。儿子的解释他哪里听得进一句，当场就将他赶走，让他去闭门思过。

当天晚上，仲壬悄悄逃往齐国去了。

叔孙豹的病一天比一天重，认真考虑后嗣问题已然刻不容缓。这个时候，叔孙豹还是打算将仲壬叫回来，并将此事交由竖牛执行。竖牛欣然受命，但是并未派人去齐国请仲壬。没多久，他就向叔孙豹复命说，去往齐国的使者见了仲壬，但仲壬说自己坚决不会回到残暴无道的父亲身边。

时至今日，叔孙豹终于对眼前的近臣心生怀疑。于是，他吞吞吐吐地问竖牛："你说的话，到底是不是……是不是真的？"

"我有什么撒谎的必要？"竖牛说这话时，叔孙豹分明看到他的嘴角带着几分嘲讽笑意。叔孙豹恍然大悟，所有一切不都是他来到这个家之后才发生的吗？叔孙豹怒气冲天，挣扎着想要起身，却一点力气都没有，咕咚一声跌倒在地。此时，那张黑牛一样的面庞上呈现出的正是确凿无疑的轻蔑、鄙夷、冷漠的神情。那正是他平素只在平辈及下人面前才会展露的残忍模样。叔孙豹多想喊家人或者其他近臣进病房来，可是长期以来，所有人进来都必须通过竖牛才行，这个习惯业已形成，如今已然一个人都叫不来了。当天晚上，缠绵病榻的叔孙豹想起长子孟丙被诛之事，不禁流下了悔恨的泪水。

第二天，残酷的报复虐待便开始了。

此前，因为病人不想和别人见面，所以一应餐食都是由厨房仆役送到耳房，再由竖牛端到病人枕边。但如今，身为侍者的竖牛竟然断绝了病人的餐食。送进来的所有饭食，他都悉数吃完，再把空空如也的碗碟放到外面。厨房仆役只当是叔孙豹吃的。不管叔孙豹如何喊饿，竖牛都只冷笑以对，甚至不肯回应一句。就算叔孙豹想向人求救，也根本无能为力。

某日，家宰杜洩前来探病。得到机会的叔孙豹向其控诉竖牛的种种恶行。杜洩知道，叔孙豹向来对竖牛极其信任，所以只当他是在开玩笑，并没有回应。眼看叔孙豹越说越激动，越说越真切，杜洩不由得担心起来，只怕家主是热火攻心，神智错乱。站在一旁的竖牛也急忙给杜洩使眼色，表达侍候这样一位神智错乱的病人真是让他万般无奈的意思。而后，病人又急又气，不停地流着眼泪，勉强抬起骨瘦如柴的手，指着旁边的长剑，向杜洩大喊道：

"拿起长剑，杀了这个家伙！快点，杀了这个家伙！"

此时此刻，叔孙豹终于明白，不管他再如何做如何说，在别人眼中，他也不过是个疯子而已。于是，他号啕大哭，无比衰弱的身子不停地颤抖着。杜洩和竖牛交换眼神，示意自己就此告辞，便眉头紧蹙着从病房走了出去。访客一走，竖牛脸上立即闪现过一丝诡秘的笑意。

病人备尝饥饿，疲惫至极，不停地流着眼泪，不一会儿便浑浑噩噩地睡着了，还做了个梦。不对，或许他并未睡着，只是历经了一番幻觉。房间里的气氛十分沉闷压抑，充斥着不祥的预兆，唯有一盏灯静静燃烧，发出黯淡惨白的光。叔孙豹目不转睛地盯着那盏灯，觉得那灯似乎是在十里二十里开外的遥远之处。就像那次梦境中一样，床榻上方的屋顶正缓缓地向下压迫着。那是一种虽然缓慢但极其真切的向下压迫。他想逃走，但根本动弹不了。转过头去，只见旁边站着那个黝黑的牛人。他向牛人求救，可牛人这一次并未伸出援手，只是默默地站在那里，脸上浮现出诡异的笑容。绝望的哀求再次从他嘴中发出，那牛人好似生了气，忽然变了脸色，直直地向下瞪着他，连睫毛都一动不动。就在黑漆漆的重压不断迫近，叔孙豹正要发出最后的哀号之际，便惊醒了。

　　已经是晚上了，房间里黑漆漆的，只在角落里点着一盏灯，灯光昏暗惨白。也许这盏灯便是刚刚在梦中见到的那一盏。叔孙豹转过头来，见竖牛的面孔和方才梦中一模一样，那般漠然地静静俯视着自己。那副面孔看起来就像是在黑漆漆的原始混沌中生出的神秘怪物的脸，已然和人脸无甚关联。一股彻骨的寒意向叔孙豹袭来，与其说这种恐惧来自对眼前人要取走自己生命的担心，倒不如说是面对冰冷残酷的恶毒，内心油然生出的卑微忌惮。方才的怒火早已被宿命般的畏惧压倒。叔孙豹再也没有勇气和眼前人抗争。

　　三天之后，鲁国著名大夫叔孙豹便活活饿死了。

一九四二年七月

弟　子

一

　　鲁国卞邑有一位游侠，名叫仲由，字子路。最近，他听说从陬邑来了一个名叫孔丘的学者，很有贤士风范，所以便有意前去羞辱一番。

　　子路故意头发蓬乱，鬓毛突出，重帽低垂，穿着后身短小的衣服，左手拎着雄鸡，右手牵着公猪，八面威风地奔向孔丘的住处。他要去看看那冒牌贤士到底有什么本事。他就是要闹得鸡飞猪叫，好扰乱儒家的礼乐教化、琴瑟歌咏。

　　随着动物的嚎叫，一位横眉怒目的年轻人闯了进来，一看就是来者不善。再看孔子，却是头戴圜冠①，脚履句屦②，身佩佩玦，凭几而坐，儒雅随和。于是，两人之间展开如下对话：

　　"你有什么爱好呀？"孔子问。

　　"最好长剑。"年轻人挺胸抬头无所畏惧地答道。

　　孔子不由得笑了，因为在他看来，眼前这位年轻人的神态也好，语气也罢，实在是稚气满满，颇为自负。他血气方刚，浓眉大

---

　　① 圜冠：一种圆形的帽子。
　　② 句屦：一种鞋头带有装饰的鞋子。圜冠句屦是古时儒家的经典装束。

眼，十分精悍，脸上还带着一种让人喜欢的率真质朴。

"你是怎么看待学习这件事的？"孔子再次发问。

"学习？学习能有什么用？"子路铆足了劲儿，像是怒斥一般反问道！他到这里来，原本就为了说这句话。

学问的权威性受到挑战，自然不能一笑置之。因此，孔子就苦口婆心地说起了学习的必要："夫人君而无谏臣，则失正；士而无教友，则失听；御狂马不释策，操弓不反檠；木受绳则直①。人的天性是放纵肆意的，怎么能缺少学习的矫正呢？只有经过匡正磨炼，才能成为有用之才。"

孔子的口才非常具有说服力，仅仅凭借流传至今的语录字句，是很难对此有深切体会的。除了说话的内容道理，孔子说话时不疾不徐、淡定从容的态度，抑扬顿挫的语调，还有他确信不疑的神态，都能让听他说话的人信服。渐渐地，年轻人脸上抗拒怀疑的表情不见了，取而代之的是恭敬细听的谦逊模样。

"不过，南山有竹，不揉自直，斩而用之，达于犀革。天赋超群者，何学之为？②"子路仍旧勇敢地反击着。

对孔子来说，对这般幼稚的喻证进行反驳，简直手到擒来，他说："括而羽之，镞而砺之，岂止于犀革。"意思是说，如果将南山之竹制成箭竿安上箭羽和箭头，并将箭头磨锋利，那它又岂止可以穿透犀革。

孔子一席话，让这个纯真烂漫的年轻人无从辩驳。他满面涨

---

① 出自《孔子家语》，意思是说，要是国君缺少直谏的臣子，便会失去正道；要是读书人缺少敢于指正问题的朋友，就无法听到善意批评；要想驾驭正在狂奔的骏马，就绝对不能放下马鞭；已经拉开的弓坚决不能用檠来校正；木料经由木工用墨线画直线加工就能变直。

② 出自《孔子家语》，意思是说，南山之竹无须烘烤校正便能笔直挺立；将它砍下来，即刻便能穿透犀革。由此可见，天赋绝伦之人，还要学习做什么？犀革，犀牛皮。

红地站在孔子跟前，像是在深思。不一会儿，他将手里的雄鸡和公猪全部丢掉，俯下身来行礼说："真是受教了！"他之所以认输，并不仅仅是因为理屈词穷。事实是，自打他闯进屋子，看见孔子第一眼、听到孔子说第一句话起，便知道自己不该抱着雄鸡和公猪到这个地方来捣乱。毕竟，自己和对方的差距实在太大，而且自己已然完全拜服于对方的磅礴气势。

当天，子路便行了拜师礼，成了孔子门下的弟子。

二

子路此前从未见识过这般人物。他曾见识过能举起千斤之鼎的大力士，听说过能够对千里之外明察秋毫的智者。可是，孔子所拥有的只是对最基本常识的总结升华，绝对不是那种怪力异禀。其实，不管是从知情意还是从身体行动的各项能力来看，孔子都极其平凡，但是他的各项能力全都得到了充分发挥，因此又显得那么卓越。若以单方面的才能为标准，那他的确并不出色；可是，若以各项能力均衡完备得恰到好处，那子路从来没有见过超过孔子的人。与此同时，孔子心性之阔达自在，毫无迂腐学究之气，也让子路惊叹不已。他很快便意识到，孔子阅历丰富，饱经风霜。就连子路平素引以为傲的武艺膂力，跟孔子比竟然也相形见绌，只是孔子向来不爱展示这些技能罢了。这着实有些讽刺，也让以游侠自居的子路心惊肉跳。孔子还有一双慧眼，能够敏锐地洞悉人心，这不得不让人怀疑，他是不是曾经过过放荡不羁的生活。这只是孔子的一面，他的另一面是无比崇高、不容玷污的理想主义，子路每每念及孔子竟有这般宽广的格局，便不由得心生敬佩。总体来说，不管将他放到什么位置，他都是顶天立地的大丈夫。不管你是用最为严苛的伦理来加以审度，还是用最为世俗的标准来加以衡量，他都没有一点瑕疵。子路至今见识过的伟人，其伟大之处不外乎某种利用价值。人们之所以认为他们伟大，仅仅是因为他们对于某些事物有用。孔子和他们迥然有别。只要孔子在那里，便已足够。最起码，子路这样认为。子路彻底沉醉了。仅仅拜入师门一个月，他便已再也无法离开这个精神支柱了。

往后的岁月中，孔子经历了漫长且艰苦的周游，如子路这般无怨无悔、欣然追随的，再无第二人。他拜入孔门并不是为了升官发财，甚至也不是为了增长才学磨砺品德，这实在有点滑稽。让他跟在老师身边的，是一种无怨无悔、别无所求、至纯至性的敬爱之情。如今的他已然离不开孔夫子了，就如同他过去剑不离手那般。

所谓四十不惑，彼时的孔子尚未足四十岁。他不过比子路年长九岁，但在子路眼中，这九岁的年龄差，却如同无边无涯、不可跨越一般。

身为老师的孔子，对于子路这位弟子那非同一般的桀骜也十分惊讶。如果他仅仅是喜好武勇厌恶柔弱，那倒也不算稀奇；可是如他这般轻蔑外在形式，则见所未见。虽说礼之道本职属于精神范畴，但学礼却需要从具体形式开始。可是，子路对这种先形式后本质的学习门径很难接受。多余"礼云礼云，云帛云乎哉。乐云乐云，钟鼓云乎哉①"等涉及本质的内容，他学习劲头很足，可只要学到《曲礼》细则，他就会觉得索然无味。要向子路传授礼乐，那就必须首先排除他对形式的本能抗拒，所以并不是一件容易的事。不过，对子路来说，对上述内容进行学习，更是难上加难。

子路最为敬仰推崇的便是孔子那丰厚的为人底蕴。但是，他却

---

① 出自《论语·阳货》，意思是，"礼呀礼呀，难道指的只是玉器丝帛吗？乐呀乐呀，难道指的只是钟鼓乐器吗？"这是孔子对于春秋时期礼乐流于玉帛钟鼓等外在形式而失去实质内核现象的慨叹。

根本想不到，这种底蕴正是从日常生活里种种细微不足道的细节中积累来的。他说先有本而后生末，不过却鲜少考虑这个"本"该如何修养，正因如此，他才会时常受到孔子的训责。尽管他对孔子佩服得五体投地，但是能否接受孔子的感化，却是另一回事。

讲到"唯上智与下愚不移[①]"时，孔子并未将子路纳入考虑范围。虽然孔子觉得子路缺点不少，但也绝不认为他属于"下愚"的范畴。子路的至纯至性，是孔子认为这位狂放不羁的弟子身上最为独特的优点。这种美德是国人中极其罕见的，所以除了孔子，其他人都不觉得子路身上的这种倾向是一种美德。更准确地说，其他人大多将其视作一种难以理解的愚蠢。不过，只有孔子深深地明白，就连子路身上的勇猛和政治才干与这种难能可贵的"愚蠢"比起来，都是不值一提的。

只有在对待父母双亲的态度上，子路谨遵师命，克己复礼，恪守形式。他的亲戚纷纷称赞说，自打子路拜孔子为师，原本暴躁狂妄的浪荡子竟然成了对父母孝顺有加的孝子。不过，这些赞誉却让子路有些矛盾。因为在他自己看来，自己的种种行为不过是假情假意而已，又怎么当得起"孝顺"二字？倒是之前率性而为，让父母双亲疲于应对之时更为率真。他甚至多多少少有点为而今被自己的虚伪讨好的父母感到可悲。揣摩心思绝非子路所长，可就连他这么一位至真至性之人，都对这一点有所察觉。不过多年后，子路猛然发现双亲已然垂垂老矣，想起自己年幼时父母灵巧矫健的身姿，不由得泪如雨下。从那之后，子路的孝顺才是诚心诚意、无可比拟的。此前那些突发奇想的作秀式孝顺，其实不过尔尔。

---

① 出自《论语·阳货》，意思是，只有最聪明和最愚笨的人，其性情难以改变。

三

　　某天，子路走在街上，碰上了三两个旧友。尽管不能说这几个人是肆无忌惮的无赖，但也算是肆意放荡的游侠。子路停下脚步和他们闲聊一会儿。其中有个人上下打量着子路的衣服，非常不屑地说："这就是儒服？看起来真是寒酸。"随即又问子路说："还怀念以前的长剑吗？"那人见子路对他置之不理，便又说了句让子路无法再缄口不言的话："怎么？那个被你称为老师的孔丘不就是个伪君子吗？天天道貌岸然地教人说假话，忽悠这个忽悠那个，其实不过是想趁机捞些油水！"

　　实际上那个人并无恶意，只不过是刻薄惯了，在好朋友面前信口胡说而已。孰料子路却骤然变了脸色，伸出左手揪起他的胸襟，挥着右拳狠狠砸向他侧脸。如是这般两三下，才将手松开。对方便窝窝囊囊地瘫倒在地了。随后，子路向另外两个不知所措的人投以挑衅眼神。那二人对子路的神勇心知肚明，所以根本不敢上前动手，只是一声不吭地将刚刚被打的朋友扶起来，便灰溜溜地离开了。

　　不知什么时候，孔子听说了这件事。

　　某天，子路被叫到老师面前，尽管未被直接问起这件事，却也被好好教育了一通：什么古时候的君子，以忠作为自己的本质，以仁来对自己进行自我保护。碰到不好的事情，就用忠来化解；碰到暴乱侵犯，就用仁来安定，根本不需要使用蛮力！还有什么小人总是将不逊当作勇武，但君子却以奉行大义为勇。子路始终毕恭毕敬地拜听。

　　几天之后，子路上街闲逛，听见道旁的树荫底下有一群闲人聊得正热闹。听起来像是褒贬孔子：

"张口闭口从前如何如何，什么事都要以古贬今。毕竟谁都不知道从前什么样，所以也没办法加以评判。问题的关键在于，如果靠着时时事事生搬硬套古法便能将国家治理好，那就不用再有人费心费力了！对咱们大家来说，当世的阳虎大人不知要比死去的周公伟大多少！"

彼时，正处于以下克上的乱世。鲁国实权先是从鲁侯手中落到了大夫季孙氏手中，而今看上去很快就要落到季孙氏家臣、野心家阳虎手里了。刚刚说这话的，没准就是阳虎的亲信。

"不过，听说阳虎大人想要重用孔丘，曾经几次邀他出山，谁知他竟然躲了起来，理都不理。由此可见，他就是那种夸夸其谈、实际上对现实政治一窍不通的人。嘿，没有自信呗！他就是那种人！"

那人话音未落，子路便从后边拨开人群，大步流星地走到说话之人跟前。众人立即认出来者正是孔子门徒。刚刚还侃侃而谈的老头，顿时变得面无血色，莫名其妙地向子路施了一礼，便从人群中消失了。大概是因为子路怒目而视的模样过于骇人吧。

自此之后，同样的事情轮番上演。人们只要远远看见怒目圆睁、杀气腾腾的子路，立刻就会闭上嘴巴，不再诋毁孔子。

子路常常因为这事被老师训斥，但他就是无法改正。其实，他心里也不是没有想法：那些所谓的君子，假若心中像自己那般愤慨还能抑制得住的话，那才算真的厉害。但实际上，那些人怎么会感受到他那般强烈的愤慨呢？最起码在子路看来，那些人感受到的愤慨是很微弱的，并未到无法忍受的地步。肯定是这样的。

就这样过了约莫一年，孔子苦笑着感叹说："自从仲由拜我为师，我就再也没有听见过别人的恶言恶语。"

四

某天，子路在屋内鼓瑟。

身处另一间屋子的孔子听了一会儿，对身旁的冉有说：

"你仔细听这瑟声，是不是满是暴戾之气？君子之音，往往温柔中和，充满涵养生育之气。上古时期，舜帝弹奏五弦琴，作《南风歌》，歌词写道：'南风之薰兮，可以解吾民之愠兮；南风之时兮，可以阜吾民之财兮。'① 仲由鼓瑟之声，杀伐激越，肯定不是南音，应该是北音，他内心的暴戾放纵，全都展露无遗了。"

而后，冉有去找子路，将老师之言如实转述。

子路很清楚自己在音乐上并无天赋才能，不过，他非常主观地将其归咎到了自己的耳朵和双手上。因此，当他经过指点知道其实还有更深的精神层面的原因时，便十分愕然惶恐。原来，关键之处不在于训练手法，而是在于深入思考。他把自己关在屋子里，不吃不喝，苦思冥想，终至鸠形鹄面②。几天之后，他觉得自己已然有所悟，因此便再次鼓瑟。这一次鼓瑟时，他简直毕恭毕敬，诚惶诚恐。孔子听到乐声，未加评判，神色中也不再有苛责之意。子贡再次找到子路据实以告。子路听说老师已无苛责之意，简直喜不自胜。

子贡见这位实诚善良的同门兄弟满面笑容，也不由得笑了起来。像子贡这般聪明的人物，心中不可能不明白：子路的乐声中仍旧如此前一般充斥着杀伐北音。夫子之所以未加责备，只是因为怜惜子路冥思苦想竟至鸠形鹄面的至纯之心罢了。

---

① 意思是，南风清凉吹拂，可以解除万民的愁苦；南风缓缓吹拂，可以丰富万民的财物。

② 鸠形鹄面：形容人因饥饿而身体瘦削，面容憔悴。

五

在众多孔门弟子里面，没有一个如子路这般常常被孔子训斥；而且，没有一个如子路这般屡屡无所顾忌地反问老师。他会问那些很显然会被骂的问题，诸如"请老师说一说，咱们能不能抛却上古先贤之道，随心所欲地按照自己的想法行事？"他也会当着老师的面，直截了当地说："果真如此吗？夫子您也太迂腐了吧！"但从另一个角度来看，再没一个弟子如子路这般对孔子全身心地依赖了。他至纯至真的天性已然决定了，他是不会对那些内心无法认可之事俯首帖耳的，因此他才会毫无顾忌地向老师发问。当然，也是因为他不会如其他弟子那般，为免遭受讥讽嘲笑或者训斥责问而小心翼翼。

在其他场合，子路是一个坚决不肯屈居人下、独立不羁、重信重义的豪放汉子。因此，大家才会因他甘心以普通弟子身份在孔子身旁待奉而惊讶。实际上，他跟在老师孔子身边，行为处事也多多少少有些滑稽，因为，他总是将复杂思索及重要判断悉数丢给老师，自己无牵无挂，乐得自在。这就像是跟在母亲身边的小孩，很多事情明明自己能做，但偏偏要让母亲代劳。有些时候，他自己想一想，都忍不住发笑。

但就算在如此让人敬爱的老师面前，子路的心灵深处仍有一片不容踏足的隐秘之处，那是他最后的执着，是他唯一不能退让的底线。

换而言之，子路认为，世间有一件最最要紧之事。在这件事面前，生死不足道，利弊不足论。若用"侠"来加以概括，略显草率；若用"信"或"义"加以总结，又有些迂腐，失了那份自由灵动之气。其实，将之称之为何并不重要，在子路心中，那是一种近乎快感的存在。大体来说，善能带给人这般感触，与之相对的便是恶。子路对此有十分清晰明了的认识，而且时至今日，都未曾质疑动摇过。这和孔子提倡的仁并不一样，不过子路会从老师的教诲之中，筛选吸收那些能够佐证这套纯粹伦理观的部分。譬如，"巧言令色足恭，匿怨而友其人，丘亦耻之①""无求生以害人，有杀身以成仁②""狂者进取，狷者有所不为也③"等。

刚开始，孔子不是没有尝试过掰直这头蛮牛的犄角④，但后来还是放弃了。因为孔子很清楚，这样的子路毫无疑问仍旧是一头好牛。有的弟子需要鞭策方能前行，有的弟子需要把缰绳勒紧才能进步。孔子发现，子路性格上的缺点不是寻常缰绳能够纠正的，而且，这缺点恰恰也是他可堪大用之处。所以孔子决定点到即止，只在大方向上加以指引。

至于"敬而不中礼谓之野，勇而不中礼谓之逆⑤"，抑或是"好信不好学，其蔽也贼。好直不好学，其蔽也绞⑥"等，与其说是针对子路本人，不如说是针对身为众弟子之长的子路进行的训诫。这是因为，有些行为特点，或许在子路这一特别个体身上能够成为魅力，但在别的弟子身上，却是百害而无一利。

———————

① 出自《论语·公冶长》，原文是："巧言令色，足恭，左丘明耻之，丘亦耻之。匿怨而友其人，左丘明耻之，丘亦耻之。"意思是，花言巧语，假装和善，过分恭敬，左丘明认为这种态度是可耻的，我也认为可耻；将把怨恨藏在心里，表面却与人交好，左丘明引以为耻，我也引以为耻。

② 出自《论语·卫灵公》，原文是："志士仁人，无求生以害人，有杀身以成仁。"意思是，君子不会为了苟活而害人，只会为了理想正义牺牲自己。

③ 出自《论语·子路》，意思是，激进狂达的人勇于进取，耿介正直的人不做坏事。

④ 蛮牛的犄角：用了日本"矫角杀牛"的典故，是说某人想将弯弯的牛角掰直，最终竟然将牛杀死了。有矫枉过正之意。

⑤ 意思是，虔敬却不合乎礼，就显得粗野；勇敢而不合乎礼，就显得乖逆。

⑥ 意思是，喜好诚信却不爱学习，弊病在于容易被人利用，自己受害；喜好直率却不爱学习，弊病在于言语尖刻。

六

相传，晋国一个叫魏榆的地方，有石头竟能开口说话。一位贤哲之士说这是民众借由石头抒发心中的嗟怨之声。原本就已衰微的周室，进而一分为二，彼此敌对纷争；十几个大国时而结盟，时而互攻，纷争不断；齐侯和臣子的妻子安通款曲，每晚潜入其宅邸欢会，最终被那妇人的丈夫所弑；楚国一位王族成员，将缠绵病榻的君主勒死，篡夺君主之位；吴国那些被施以刖刑的罪犯聚众谋反，行刺国君；晋国有两位大臣，竟然互换妻子。

彼时的世风，就是这般混乱。

鲁昭公想要讨伐上卿季平子，事情失败，反而被逐出国境，在外流亡七年，最终客死异乡。实际上，在流亡期间，昭公原本是有机会回归故国的，但随从臣子担心昭公回国之后，自身命运堪忧，便硬生生地将他拦住，不让他回国。于是，先是季孙、叔孙、孟孙三氏执掌了鲁国国政，不多久，季氏之宰阳虎又掌了大权，十分专横跋扈。

阳虎精通权谋，但却聪明反被聪明误，最终玩火自焚失了势，并导致整个国家政治格局突变。事前毫无一点预兆，孔子被任命为中都宰。在那个世道，几乎没有公正无私的官员，也基本上找不到不横征暴敛的政治家，所以孔子公正的行事风格及周密的实施计划，很快就使得他的治理工作取得了显著成效。

鲁定公既惊又喜，问孔子说："用你这套方法治理鲁国，会怎么样？"

孔子回答说："就算是治理天下也没有问题，何况是治理鲁国呢！"

孔子说话从来不大吹大擂，定公见他谦逊严肃地说出这般豪言壮语，心中更是惊叹不已。于是，即刻将他升任为司空，不久又将他提拔为大司寇兼摄相事。孔子举荐子路担任季氏家宰的职位，季氏的权力地位几乎就是鲁国首席内阁大臣。于是，子路顺理成章地成了孔子内政改革举措的执行者，一应事务全都奋勇当先。

孔子改革举措中的重头戏便是加强中央集权，也就是强化鲁侯实权。要想达到这个目的，就必须削弱季、叔、孟三桓的势力，当时他们的权势甚至超过鲁侯。此三人在各自城池中建造的郈邑、费邑和成邑，全都超过了百雉（长三丈、高一丈为一雉）的规制。孔子下定决心拆毁三邑，并让子路直接负责计划实施。

对子路这样的人来说，自己的工作收到立竿见影的成效，而且是此前从未有过的宏大规模，自然十分畅快。尤其是亲手摧毁政客们悉心部署多年的庞大势力并粉碎他们多年的陋习，全都让子路感受到了某种前所未有的生命价值。孔子终于实现了多年的抱负，尽管忙碌但却散发着勃勃生机，子路倍感欣慰。在孔子看来，此时的子路也不再仅仅是一位孔门弟子，还是一位大刀阔斧、值得信任的政治家。

在拆毁费邑过程中，公山不狃蓄意反抗，带领城内士兵偷袭鲁国国都。情势急转直下，定公在叛军的逼迫下，登上武子台避难。不过，靠着孔子准确的判断和妥当的指挥，最终化险为夷。老师孔子行必有果的执行力，再次让子路深深折服。子路很清楚老师作为政治家的手腕，也了解他个人的超强武力和膂力①，但他从未想到，老师在战场之上也能这般指挥若定、稳如泰山。当然，在这场战斗中，子路自己也是身先士卒、奋勇向前。尽管久未挥舞手中长剑，但是那挥剑的劲头仍旧畅快淋漓。和谈论经书、研习古礼相比，终究还是这种直面激荡现实并坦然以对的生活更符合他的豪情。

① 膂（lǚ）力：指体力、力气。

定公为和齐国达成屈辱和谈，曾亲自出马，带着孔子赶赴夹谷和齐景公会面。孔子当场怒斥齐国的不义之举，当头棒喝齐景公及其诸卿诸大夫。于是，身为战胜国的齐国，君臣上下竟然全都吓得战栗不已。毫无疑问，这是一件足以让子路由衷拍手称快之事。可是，自那以后，强大的齐国便开始提防起孔子这个邻国宰相，并对在孔子施政下日益强大的鲁国国力心怀畏惧。齐国挖空心思，总算想出了一个颇具中国古代特点的计策：齐国向鲁国送去国礼，礼品竟是一批能歌善舞的美人，打算借此动摇鲁侯之心，让他沉迷其中，和孔子渐行渐远。更加具有中国古代色彩的是，在鲁国国内反孔势力的策应之下，这般拙劣的计策竟然很快就收到了成效。鲁侯沉迷温柔乡，自此不早朝。而且，所谓上行下效，自季桓子以下的臣子纷纷效仿鲁侯。

子路是第一个无法忍受并进行抗争的，随即便辞了官。孔子并没有如子路这般早早放弃，而是竭尽全力维持着。子路一心想让孔子早些辞官，这并非是因为担心老师会因此玷污臣节，而是不忍心见老师独自置身于这般靡靡之地。

所以，在孔子忍无可忍，最终放弃之时，子路如释重负。随后，他欣然追随老师离开鲁国。一行人渐行渐远，身为作词谱曲之人的孔子，回望都城，不禁唱道：

"彼妇之口，可以出走；彼妇之谒，可以死败 ①……"

就这样，孔子踏上了漫长艰辛的周游之旅。

七

打从孩提时代开始，子路心中便有一个大大的疑问，直到他长

① 出自《去鲁歌》，相传为孔子所做，意思是，那些妇人的话足以逼人离家去国，那些妇人的话，足以让人身死名裂。

大成人，甚至迈入老年，这个疑问仍旧存在，未得解决。这个疑问和一个所有人都司空见惯的现象和事实有关，那便是邪盛正衰。

每当碰见这般现实，子路内心的悲愤便再也无法抑制。

为什么？为什么总是这样？人们总是说，恶人虽能猖獗一时，但终会遭到报应。或许真有这样的先例，但也不过是普遍现象中的某个例子罢了，就和人终有一死的说法无甚本质区别。那么，有没有善人大获全胜的先例呢？上古时期之事已然无法求证，但在如今这世道，几乎是闻所未闻。

为什么？这到底是为什么？对于至纯至性如孩子的子路而言，这样的现实足以让他愤慨不已。他痛心疾首地想，上天到底算什么？上天究竟看到了什么？若这般命运皆是上天安排，那么自己便只能逆天而行了！难道说上天就这般善恶不分吗？就如同它也不会区分人兽之别一样？难道说正与邪只不过是人与人之间的某种假设和约定？

子路每次带着这些疑问去向孔子请教，最后总是会听老师讲论所谓人生幸福的真谛。照此说法，难不成行善的报偿，只有个体内心的满足，除此之外再无其他？和老师在一起时，子路总觉得心悦诚服，可一旦离开老师独自思考，就又会觉得总有难以释然之处。他没有办法完全接受这种通过牵强解释得出的幸福观。正义之士无法得到确定的真正的善报，子路便会耿耿于怀。

老师的遭遇命运，让他感受到自己对上天最强烈的怨愤不满。老师大才大德，超群绝伦，异于常人，为何还要遭受这般崎岖坎坷的命运，为何还这般不得志？他既没有美满的家庭，如今年事已高又被迫流离在外，为何老师一定要承受这般悲惨命运？

某天晚上，孔子喃喃道："凤鸟不至，河不出图，吾已矣夫[1]！"

一旁的子路听得泪流满面。孔子之慨叹是为了天下苍生慨叹，子路之落泪却非为天下，独为孔子一人。

在子路目睹孔子及其遭逢的时代，并为之落泪的那一刻，便已暗自决定：要成为老师在这尘世里的护盾，护他免受种种侵害。在精神上，自己受到老师的指引呵护，所以在世俗的烦劳屈辱面前，便由自己为老师一力承担吧！他将其当作义不容辞的使命，顾不得僭越与否。单就学识才能来说，或许自己比不上一众同门师弟；但他坚信，倘若老师真遭遇什么困境，那么自己必然会比所有人都奋不顾身，哪怕是献出性命。

<h1 style="text-align:center">八</h1>

"有美玉于斯，韫椟而藏诸？求善贾而沽诸？"孔子听子贡这般发问，立即回答说："沽之哉，沽之哉！我待贾者也。"

也正是出于这番目的，孔子才开启了周游列国之旅。追随孔子周游的弟子大多都希望能"沽之哉"，可是子路却觉得并非一定非沽不可。之前，他已然体验过身居高位、大刀阔斧的痛快，不过，凡此种种必须是在孔子的带领下才可以，这个前提是必然条件。若是无法满足这一前提条件，那么他宁愿被褐怀玉地活着。就算一辈子都做孔子的看门狗，他也毫无怨言。这并不是因为他全然没有世俗的虚荣心，而是他认为窝窝囊囊地做官有愧于自己的磊落天性。

追随孔子周游的弟子，也是各具特色的：冉有是处事果断利落的实干家，闵子骞是温润厚道的长者，子夏是刨根问底的实证派，

---

① 意思是，凤鸟不来，黄河中也不出现八卦图，我的一生就这样完了吧。凤鸟降临、黄河出图，是两种祥瑞之兆，意味着圣人受命于天，出世教化众生。

宰予是颇有些诡辩意味的享乐派，公良孺则刚正不阿、慷慨激昂，子羔身材短小、身高只有九尺六寸高的孔子一半，而且秉性刚毅固执。当然，不管是从年龄上看，还是从气度来说，子路都足以作为众人的统帅。

毫无疑问，比子路年少二十二岁的子贡，是一位才气逼人的年轻俊杰。和孔子始终称赞有加的颜回相比，子路更推崇子贡。子路与颜回不太合拍，因为他就像是被抽去了强韧生命力及政治主张的孔子。这绝对不是出于嫉妒（每天看着老师对颜回分外称赞器重，子贡子张等好像就有些无法克制嫉妒之心）。一方面子路和颜回年龄差得很多，另一方面他天性就不介意这些东西。说到底，他只是欣赏不来颜回那种被动顺应的柔和之才。子路最讨厌的，就是颜回那种温温吞吞、没有激情的样子。再看子贡，尽管他略显轻浮，但总是生机勃勃、精力充沛、才华横溢，所以和子路脾性更为相和。其实，不独子路为这位年轻人头脑之敏锐而惊叹。显然，大家都很清楚，他的待人处世和他的头脑比起来，是仍需要磨炼的。不过，这仅仅是个年龄问题。子路偶尔也会因为他的过分轻率而当面斥责，不过，这位年轻人给子路的整体感觉是后生可畏。

有一回，子贡曾和二三位同门说过一段大意如下的话：

夫子讨厌诡辩，可夫子本身就非常善辩，这很需要大家警惕。和夫子之辩相比，宰予等人的辩是全然不同的。宰予之辩，巧妙得太过引人注目，能让听者愉悦，却无法让听者信服。不过，正因如此，反而可谓安全。夫子之辩是完全不同的：其言语虽非行云流水般流畅，但却十分厚重，让人完全信赖；夫子的比喻虽然并不诙谐，但却含蓄隽永。这样的辩才，是任谁都反驳不了的。当然，夫子所言之物中九成九都是正确无误的真理，夫子所行之事中九成九都可以作为我等之楷模。但就算这样，那剩下的一分——也就是让人完全信赖的夫子之辩中那不值一提的百分之一，或许正是夫子对自身性格（那是极其微小的部分，这部分或许和绝对普遍之真理不尽相同）之辩解。这才是需要大家警惕的地方。也许这种苛求之心，正是因为和夫子过于亲近，对他过于熟悉，才会有。其实，就算是后世之人将孔子奉为圣人，那也是理所当然的。我从未见过如夫子这般近乎完美的人，恐怕未来这样的人也不可能出现了。我想说的是，就算完美如夫子，身上尚有极其细微但需要警惕之处。如颜回这样和夫子意气相投之人，是决然感觉不到我感受到的小小缺憾的。夫子常常称赞颜回，说到底不还是因为他们意气相投？

子路听说之后，内心十分不快：子贡这样一个黄口小儿竟敢评判老师，真是无法无天！子路很清楚，子贡之所以这样说，是因为嫉妒颜回，但他还是从子贡这番话中感受到了其不容小觑之处。因为子路也曾思考过关于志趣性格是否相投的问题。

子路认为，这狂妄自大的黄口小儿好像还有点玄妙本领——我辈只朦朦胧胧感觉到的东西，却能让他说得这般清楚明了，所以对他是既鄙薄又钦佩。

子贡曾经问过孔子这样一个玄妙的问题："死人有知也？无知也？"这个问题是关于人死之后有无知觉，抑或说是人死之后灵魂是否破灭的问题。

孔子的回答也很不同凡响："吾欲言死者有知也，恐孝子顺孙妨生以送死也；欲言无知，恐不孝子孙弃不葬也。"这样卯不对榫的回答，子贡当然不服。

孔子很清楚子贡提问之意，只是，说到底，孔子作为现实主义者，奉行的是以实际生活为中心的生活理念，所以才会尝试着引导这位聪明弟子改变一下关注的方向。

对老师的回答极其不满的子贡向子路说起这件事。对于这种话题，子路向来不感兴趣。不过，和死亡本身相比，子路更想见识一下老师的生死观，因此也找机会向老师问起和死亡有关的问题。

"未知生，焉知死？"这便是孔子的回答。

子路此时和子贡的感受大体相差不多，他觉得老师完全是在避实就虚，因此脸上的表情仿佛是在说：

"的确是至理名言，但是我问的不是这个呀！"

九

卫灵公这位国君，意志十分薄弱。尽管他尚未愚蠢到不辨贤庸的程度，但是，他还是喜欢阿谀奉承胜过逆耳忠言，而且，卫国国政竟然掌握在那些后宫妇人手中。

卫灵公夫人南子的淫乱之名可谓世人皆知。她还在母国宋国做公主的时候，就和她的异母兄长、当世有名的美男子朝私通。在嫁给卫侯成为卫夫人之后，竟然把朝从宋国招揽到卫国担任大夫之职，并继续和朝保持乱伦关系。

她自诩才华横溢，甚至还干预国政，而灵公从不拂她的意。所以，卫国惯例是，要想向灵公进言，必得先取悦南子。

孔子从鲁国抵达卫国，曾经受召谒见灵公，不过，并未专程去拜见南子夫人。南子因此心中不快，立即差人告知孔子说："各国君子，只要看得起我们国君，愿意和国君建立兄弟交情的，都会前来拜见南子夫人。我们南子夫人也愿意和您一见。"

孔子无奈，只好前去拜见南子。南子藏身于帷帐之后接见孔子，孔子面向北行叩拜之礼，南子在帷帐后面叩拜回礼，身上佩戴的环佩发出清脆的声响。

孔子从王宫返回之后，子路脸上尽是不快之色，因为他希望孔子能对南子这种卖弄风情般的请见置之不理。他很清楚，孔子当然不会被这妖妇的微末伎俩所迷惑，但是夫子这种清廉高洁之人竟然要向那种淫娃荡妇叩头，简直让人非常不痛快！子路的心情大概就跟珍爱美玉之人见不得美玉映照出一丝一毫的不洁之物一样吧。孔子只能无奈地笑了笑，在他看来，子路既是一个能力超群的务实派，又有一颗至纯至性的孩子心，而且那孩子总也长不大。

某日，灵公派遣使者来找孔子，邀请孔子同车巡游都城，顺便请教一些问题。孔子立刻整顿仪容，欣然前往。

南子见灵公对这位身材高大、正色庄容的老头敬重有加，还将他奉为贤者，心中本就十分不悦。听说二人还要抛下自己同车巡游都城，简直忍无可忍！

孔子谒见过灵公，退到殿外准备和他一同乘车，却发现南子夫人早就身着盛装坐在了车上。车上哪里还有孔子的位置。南子满脸坏笑，看向灵公。孔子也心生不满，冷艳看着灵公准备怎样应对。灵公寄颜无所，只能垂着头，但自始至终都不敢说南子一句，只默不作声地伸手指了指后面的车，示意孔子去坐。

两辆车在都城巡游。为首的四轮马车十分奢华，南子夫人和灵公并肩而坐，身姿婀娜，光彩照人，如同盛放的牡丹花般娇艳欲滴。其后的二轮牛车寒酸无比，孔子寂寥端坐，神情肃然地望向前方。沿途百姓禁不住蹙着眉头，低声叹息。

挤在人群里的子路将此情形尽收眼底。想到夫子收到邀请时的欣喜模样，一股怒火油然从心中升起。恰在此时，南子正搔首弄姿地经过他的面前，子路怒气上涌，双拳紧握，正要挤开人群冲将上去。就在这时，有人从背后拉住了他。他一边挣脱，一边怒目圆睁地看向身后，只见拉住他的正是子若和子正。两个师弟用尽全力扯住子路的衣袖。子路见他们两个眼含热泪，才终于作罢。

第二天，孔子带着弟子离开卫国。临走之际，孔子感叹道："吾未见好德如好色者也。”

十

叶公子高非常喜欢龙，屋子里雕着龙，绣帐上刺着龙，日常起居的地方全都以龙装饰。天上真龙听说了这件事，高高兴兴降临叶公家，探着脑袋钻进窗户，长长的尾巴还拖在堂前。叶公见了，吓得六神无主，失魂落魄，东逃西窜。

其实，那些只是喜好孔子贤名，却并不认可欣赏其主张的诸侯，无不是叶公好龙之流。在子路看来，真正的孔子过于崇高，这些人根本理解不了他。他们有的把孔子奉为国宾，有的任用孔子的弟子，但却没有哪个真的想要推行孔子的主张。

孔子在匡城险些遭受暴民凌辱，在宋国险些遭到奸臣迫害，在蒲地又受到歹徒袭击。可迎接他的，却只有诸侯的敬而远之，御用文人的嫉妒愤恨，以及政治家的倾轧排挤。

不过，虽然如此，孔子及其弟子仍旧坚持讲诵，勤于切磋，不知疲惫地周游列国。“鸟则择木，木岂能择鸟？”这话志趣高远，但绝对不是放浪形骸，他们终究还是希望自己能为人所用。而且，他们这般追求，是为了天下大道，而不是为了自己。多么真诚，多么乐观呀！不管多么穷困都能保持积极，不管多么困苦都不丧失希望。这群人实在是常人很难理解的。

孔子一行受楚昭王之邀，准备前去拜见，却在半路遭到陈、蔡二国大夫秘密纠结的暴徒拦截。他们担心孔子受到楚国重用，因此才故意阻挠。这不是孔子一行第一回遭到暴徒袭击，但却是最为窘迫的一次。粮食断绝，一连七天没有办法开火做饭。在饥饿和疲惫的双重折磨下，不断有人病倒。就在弟子们疲倦不堪，惶恐不已的时候，孔子却仍旧精神饱满，一如既往地弦歌不断。

子路见同门这般困顿，实在于心不忍，便神色严肃地走到抚琴而歌的孔子身边问道：

"此时此刻夫子仍旧抚琴而歌，与礼相合吗？"

孔子没有回答，而是继续抚琴歌唱。一曲终了，才开口说道：

"仲由啊，我来告诉你吧。君子好乐，是为了不要生出骄纵之心；小人好乐，是为了不要生出害怕之心。这是哪里来的孩子，不明白我的心思，却一直追随我？"

子路简直不敢相信自己的耳朵，身处这样的困窘境地，竟然还为了不让自己生出骄纵之心而奏乐？不过，子路很快就明白了孔子的意思，登时觉得欣喜不已，竟然情不自禁地手拿斧钺，跳起舞来。孔子于是抚琴相和，竟然连续奏了三首曲子。一时间，弟子们全都忘了饥饿疲劳，沉醉在风格豪放刚毅的即兴舞乐里面。

同样还是被困在陈蔡之间的时候，子路眼见一时无法轻易解围，便问孔子说："君子也会有穷困不得志的情况吗？"因为根据老师平素的教导主张，君子是不会有身陷窘境之时的。

孔子立即回答说："君子有道，坚持不下去了，才能称之为'穷'。如今我胸怀仁义之道，遭受乱世之患，仍旧不放弃，能说是山穷水尽吗？如果食不果腹、身心俱疲就算'穷'，那么君子当然会'穷'。不过，只有小人遇到这种情况才会自暴自弃，自乱阵脚。"孔子向子路阐释了君子和小人之间的区别，子路听得满脸涨红，因为他觉得自己心中的小人恰好被老师一语道中。子路见老师将困苦作为磨炼自己的机会，大难临头仍旧坚如磐石，情不自禁地赞叹老师为大勇之人。和老师相比，自己原先引以为傲的那种"白刃交于前而目不斜视"之勇是多么平庸，多么渺小呀！

十一

从许国去往叶地途中，子路掉了队，独自一人走在田间小路上，碰到了一位身背竹篓的老者。子路跟老者打了个招呼，问道："老先生，请问您见过夫子吗？"

老者停下脚步，冷冷地说："夫子，夫子，谁知道你的夫子是谁呀！"老者随即上下打量了子路一番，语带讥讽地说："看你这样，就知道你四体不勤、五谷不分，天天靠着空口白话过日子！"

老者说完，就头也不回地走进了一旁的田里，锄起草来。子路觉得这位老者肯定是个隐士，就行了个礼，在路旁站着，等着老者再度开口。老者一声不吭地劳作完毕，带着子路回到自己家，杀鸡炊黍款待子路，还叫两个儿子出来陪席。吃过晚饭，老者趁着饭间几杯浊酒的醉意，弹奏起了身旁的琴。他的两个儿子和琴唱道：

> 湛湛露斯，匪阳不晞。
> 厌厌夜饮，不醉无归。①

这家人虽然生活清贫，但却洋溢着融融暖意，十分悠然。子路也注意到了，父子三人那平淡安详的神情里，时而便会闪烁出智慧之光。

一曲终了，老者对子路说："在水面行走没有比舟船更好的工具，在陆地行走没有比车子更好的工具。如果非要陆地行舟，又会怎么样呢？如今想要在鲁国推行周礼，无异于陆地行舟。如果非要让猴子穿上周公服饰，那么它肯定会撕咬撕裂，将其弃之于地。"显然，老者正是因为知道子路是孔子门徒才会这样说。随后，他继续

---

① 出自《诗经·小雅·湛露》，是周天子宴请诸侯时所奏乐曲。

说道："享受人生乐趣就是得志，上古时期所讲的得志之人，并不是说那人得了高官厚禄。"老者的理想，在于淡然无争。

这并不是子路第一次听说这种遁世哲学。他曾碰到过在田间耕作的长沮^①、桀溺^②，也碰到过楚狂接舆^③。不过，子路从未如现在一般，走进他们的生活，和他们同吃同住。在亲身感受过老者冲淡平和的言语及怡然自得的神态后，子路竟然心生羡慕，认为这种生活方式也很美好。

不过，子路也并非全然接受老者的观点。他说："置身事外虽然安详快乐，可是生而为人，并不该一味追求安乐。为了自身的高洁而不顾世间大伦，不是人间正道。我们早就知道，如今之世，大道不行；我们也早就知道在如今这个世道推行大道的危险之处。不过，正是因为如今世风日下，大道不行，我们才更要不畏风险，推行大道。"

第二天一大早，子路辞别老者一家，继续赶路追寻老师。一路上，他一直在将孔子和昨夜的老者进行比较。从洞明世事上来看，孔子绝不比老者逊色；从欲望角度来看，孔子也并不比老者多。可是，这样的孔子，却毅然放弃了独善其身的捷径，选择了为推行大道而周游列国。念及此处，子路不由得对那老者心生厌恶，这是他昨天晚上未曾有过的感受。

时近正午，子路望见有一行人正在远处翠绿的麦田间行走。子路看到人群里孔子那高大的身影，突然感到胸中涌上一阵揪心的苦楚。

---

① 长沮：传说中春秋时楚国隐士。
② 桀溺：传说中和孔子同时代的隐士。
③ 楚狂接舆：春秋时楚国著名隐士，因为不满时政，剪去头发，假装发狂，不去做官，因此被称为楚狂接舆。

十二

在离开宋国去往陈国的船上，子贡和宰予有过一场论辩，他们辩论的内容是老师曾经说过的一句话，即：

"十室之邑，必有忠信如丘者焉，不如丘之好学也。"

在子贡看来，尽管老师如是说，但老师的伟大成就还是源自他那非凡的天资。宰予并不认可，在他看来，后天为完善自我而做的诸多努力更为重要。按照宰予的观点，孔子及其弟子的能力差距主要在于"量"，绝不在于"质"。孔子的品质是众人皆有的，只是孔子通过不停地磨炼付出，才将它们塑造成了今日这般宏大境界。可是，子贡则认为，"量"的差距不断积累，大到不能再大，便会变成"质"的区别。能够为完善自我而不懈努力，本身就是孔子天资非凡的最好证明。那么，别的暂且不说，凌驾于其他方面之上的、孔子的核心天赋究竟是什么呢？

"正是他追求中庸的非凡本能。夫子超群绝伦的追求中庸的本能，让他无论在任何情况下都能进退有序，堪称完美。"子贡道。

"真是信口雌黄！"一直在旁边的子路神情严肃地想，"一群只会坐而论道的家伙！要是这会儿翻了船，只怕早就狼狈不堪、惊慌失措了吧！真到了紧要关头，唯有我才能给夫子以帮助！"子路听着这两个师弟夸夸其谈，满脑子想的都是老师讲过的"巧言乱德"一词，并为自己心中的一片冰心自豪不已。

不过，子路对于老师也并不是没有一点抱怨。

陈灵公和臣下之妻通奸，还穿着那女人的内衣上朝招摇。大臣泄冶直言劝谏，竟遭杀害。这件事过去百余年后，一位弟子问孔子说："陈灵公当众宣淫，泄冶直言劝谏被杀，和比干净谏而死并无不同，可以称之为'仁'吗？"

孔子回答说:"比干是纣王的亲叔父,官至少师,所以对商朝江山忠心耿耿,必然会以死净谏,希望用自己的牺牲来换取纣王的悔悟。他的心志感情原本就在于挽救商王朝,因此可以称之为'仁'。但泄冶只是灵公的一个大夫,二者之间又没有骨肉亲情,因为感怀灵公的宠信,不舍丢掉俸禄离去,在国家混乱、朝廷失政的情况下继续做官,妄图以自己的渺小之身,矫正整个国家混乱淫靡的风气,结果白白丢了性命。他的死于国于民并无益处,可以说是白白捐弃生命。凡此种种,怎么能称之为'仁'呢?"

弟子听了老师一席话便退下了,一边的子路却无法苟同。他即刻发问说:"仁与不仁暂且不说,只说他不顾一身安危,匡正一国乱象,这里面必然蕴含着伟大的精神。不管结果怎样,都是很难用智慧与否来加以衡量的,也是很难用白白送命来加以概括的。"

"仲由呀,你怎么只能看得到小义之伟大,却理解不了超越小义的大义呢!上古君子,国家有道,他就尽心竭力地去辅佐;国家无道,他就退身避世。由此可见,你对进退的玄妙还是无法理解呀!《诗》中有云:'民之多辟,无自立辟。①'泄冶的做法就是违背了这一条呀!"

"既然如此,按照您的说法,人生在世,再没有比顾全自身安危更重要的事了?舍生取义根本不值一提?难道说,一身之出入进退是否妥当,比天下苍生的安危还要重要?刚刚说到的泄冶,他面对那扰乱纲常之事如果只是蹙眉一看,转身便走,那么于他个人来说,或许十分可取,但是对于陈国百姓又有什么益处呢?明知无用仍旧拼死直谏,并希望以此改化民风,不是更有意义吗?"子路思考了一会儿,才继续开口说道。

---

① 出自《诗经·大雅·生民之什·板》,意思是说,民间多邪僻之事,但不能徒劳无益地枉自立法。

"我的意思并非是说不论何时都要先顾全自身安危，若真如此，便也不会推崇比干之仁了。就算是为道舍身，也要在合适的时机，适当的场合。用智慧去洞察，去考量，并不能说是为了一己私利；一心求死，也不能算是有真本事。"

老师这番话的确有理，但子路还是无法完全释然。子路觉得，老师常说杀身成仁，但话里话外似乎又总是透露出明哲保身才是最大智慧的意味。这让子路如鲠在喉，不吐不快。别的弟子之所以对此不甚在意，是因为明哲保身早已成为他们刻骨铭心的本能，至于那些并非以此价值观为基础的仁义，他们唯恐避之不及。

子路带着不敢苟同的神色离开了。孔子看着子路的背影渐行渐远，怅然叹息道："国家政治清明之时，正直如箭矢；国家政治黑暗之时，仍旧正直如箭矢。子路是卫国史鱼①那样的人物呀！只怕他注定难得善终。"

楚国讨伐吴国之时，楚国工尹商阳和公子弃疾一同追赶吴国军队，公子弃疾对商阳说："咱们现在是在为国君出力，你得把弓箭拿起来呀！"商阳这才将弓箭拿到手里。弃疾又说："你得射箭呀。"商阳这才拉弓射箭，射死一名敌军。但随即，他就将弓箭收了起来。弃疾再次催促之时，他才射杀了第二名敌军，而且每射杀一名敌军，便会用手拂过他们的面庞，让他们死而瞑目。射杀三名敌军之后，商阳就调转战车返回，并说："射杀三人，足够复命了。"

孔子和诸位弟子讲起这件事，并感慨说："就算是在做杀人之事，也是有礼可循的。"子路则认为，此事甚是荒唐，尤其是商阳说的什么"射杀三人，足够复命"之类的话，显然就是将自身行为置于国家安危之上，最是让子路厌恶愤慨。于是，子路怒气冲冲地反

---

① 史鱼：春秋时期卫国大夫，以直谏闻名。

驳孔子说："身为臣子，遇到国君大事，理当分忧解难，竭尽全力，将生死置之度外。老师您怎么能对商阳的作为大加称赞呢？"子路的话让孔子无言以对，孔子只能笑笑，说："你说得对，我只是称赞他怀有不忍杀人之善心而已。"

十三

子路一路追随孔子四次出入卫国，滞留陈国三年，遍游曹国、宋国、蔡国、叶地、楚国。

时至今日，对于能有诸侯采纳孔子之道并加以推行之事，子路已然不再指望了。但奇怪的是，他竟坦然接受这一现实。世道黑暗，诸侯无能，孔子怀才不遇、命途多舛，以上种种曾让他经受多年愤懑焦躁的折磨。可时至今日，他好像总算朦朦胧胧地明白了孔子及作为孔子弟子的一干人等之人生意义。

不过，这绝非消极认命，放弃理想。而是与之相反的，十分积极的认命。他逐渐意识到一种"不为一个小国，不局限于一个时代，而为天下万代之木铎①"的使命感。而今的子路，已然对在匡地被暴民围困时孔子昂然高喊的"天之未丧斯文也，匡人其如予何②"的意义有了更深刻的理解。而今的子路，总算明白并且认可了老师那种不管身处何种境地都不绝望，也绝不蔑视现实，并在有限的处境下一如既往地力求完美，时时刻刻都注意垂范后世的想法和举措。

如子贡般聪明过人，却也因过多的世俗之才所误，对孔子身上

① 古时候一种以木为舌的大铃铛，宣布政教法令的时候，巡行振响引起大家注意。后用来比喻宣扬教化之人。
② 语出《论语》，意思，"如果上苍并不打算消灭这种文化，那么匡人又能将我如何？"

这种超越时代的伟大使命感几乎无所领悟。倒是质朴正直的子路，因为对老师至纯至极之敬爱，反倒感悟到了老师之伟大。

年复一年的漂泊流离中，子路已然到了知天命之年。尽管不能说他的棱角已被磨平，但其为人到底沉稳厚重不少。他那后世所谓的"万钟于我何加焉①"的豪迈气概以及炯炯有神的坚定目光，早已超脱了游侠浪子之流的狂妄自负，具备了自成一家的神采风范。

十四

受年轻卫侯和正卿孔叔圉之邀，孔子第四次来到卫国，并力荐子路在卫国出仕。十几年后，孔子再次受到故国礼聘，子路便和孔子道别，留在了卫国。

十年来，卫国因为南子乱政而纷争不断。最开始，公叔戍计划将南子铲除，没想到却遭南子谗言所害，只得逃亡鲁国。而后，灵公之子太子蒯聩图谋刺杀后母南子，失败之后逃亡晋国。灵公薨逝之时，卫太子之位空缺，无可奈何之下，只能让流亡在外的太子幼子辄即位为君，史称卫出公。太子蒯聩在晋国的帮助下，偷偷潜入卫国西部，暗中集结兵力，觊觎着卫侯之位。时任卫侯奋力抵抗，也就是说，做父亲的想抢夺儿子的君主之位，做儿子的对父亲严防死守。这便是子路在卫国效力时，卫国的国情。

子路是蒲邑宰，也就是负责治理孔家封地蒲地。孔氏之于卫国，恰如季孙之于鲁国，同样都是名门望族。孔氏族长孔叔圉是卫国很有声望的大夫。蒲地，原本是那个被南子谗言所害，不得不流亡在外的公叔戍的封地。当地人认为朝廷驱逐了自己原来的主人，因此对朝廷心怀不忿。更何况，这个地方原本就民风彪悍，子路追

① 出自《孟子》，原文是："万钟则不辩礼义而受之，万钟于我何加焉！"意思是说，高官厚禄不辨别是否合乎礼义就接受，这样的高官厚禄对我来说有何好处？

随孔子周游之时，就曾遭受过此地暴民的袭击。

子路前去赴任之前，专程拜访孔子，向老师说起了蒲地"浦邑多壮士，很难治理"的现状，并向老师讨教治理办法。孔子回答说："恭敬可以收服勇猛之人，宽大公正可以收服强势之人，温和果断可以制服奸邪之人。"子路听了，拜谢老师，欣然赴任。

子路进入蒲地之后做的第一件事，就是将本地豪强叛民召集起来，和他们推心置腹地畅谈一番。只是，这并非为了使之怀柔驯化，而是因为子路时刻谨记着老师所说的"不可不教而诛"，于是才会先将这群人召来，表明自己的意图。或许是子路光明磊落的做法正合了当地彪悍的民风，这群人竟然全都对他爽朗豁达的作风十分拜服。更何况，彼时，天下皆知子路乃孔门第一豪侠。就连孔子称赞他时所说的"片言可以折狱者，其由也与①"也被添枝加叶地口口相传。当然，这样的名声，的确也是子路能够让蒲地一众壮士折服的一个原因。

三年之后，孔子恰好途经蒲地。刚一进入蒲地辖区，便说："仲由做得好呀，用恭敬来获取信任。"一进蒲邑，孔子又说："仲由做得好呀，忠信又宽厚。"等到走到官邸，孔子又说："仲由做得好呀，明察秋毫又公正果决。"

当时，子贡给孔子牵马，他问孔子说："老师怎么还未见仲由的面就夸他做得好？"孔子回答说："进入他的辖区，就看见田地全都整治好了，杂草全都清除了，沟渠全都加深了，这就说明他靠着恭敬取得了信任，所以百姓才肯努力耕作。进入蒲邑，只见房屋墙壁完整坚固，树木全都生长茂盛，这说明他忠信宽大，所以百姓从不偷懒耍滑。走进官衙，只见厅堂清静闲适，手下之人全都尽心听

---

① 意思是，根据只言片语就能判决诉讼案件的，大概只有仲由了吧？孔子的这一评价说明子路的断案能力极强。

命，这就说明他明察善断，所以政务才能这般井井有条。"所以，孔子不用见仲由，便能知道他的政绩如何。

十五

鲁哀公在西方大野之地狩猎捕获麒麟的时候，子路刚好从卫国暂返鲁国。彼时，小邾国有一个名叫射的大夫，叛逃鲁国。他曾经和子路有过一面之缘，便说："假若子路肯和我约定，那么我就不需要鲁国向我盟誓了。"按照当时惯例，流亡他国之人必得得到该国盟誓，护其性命周全，才能安心在该国居住。这位小邾国大夫的话，很显然是在说，只要子路肯出面担保，那么就算鲁国不盟誓也无所谓。子路无宿诺①，其诚信义气耿直的名声，早已人尽皆知。

不过，子路却冷漠地拒绝了这位大夫的请求。有人对子路说："人家宁可不相信千乘之国的盟誓，也相信你一句话。这难道不是身为男子的平生夙愿吗？你为何不觉得光荣，反而觉得可耻呢？"子路回答说："假如鲁国和小邾国发生摩擦，我可以不问其中缘故，战死城下。那个人不尽臣道而叛国，如果我答应他的要求，不就相当于认可了他的叛国行为吗？"显然，子路是说，我坚决不会做这种事，连想都不用想！

凡是了解子路的人听了他这番话，定然会心一笑。这的确是子路的处事风格。

也是在这一年，齐国陈恒弑君。孔子斋戒三天，来到哀公面前请愿，希望鲁国能够秉持正义，讨伐齐国。孔子一共请愿三次，哀公因为对强大的齐国心怀畏惧，始终未曾应允，只让他去找季孙商

---

① 语出《论语·颜渊》，意思是，子路向来说话算数，从不食言。

量。季康子自然也不可能赞成孔子的主张。

孔子从哀公面前告退之后便对人说："我是鲁国大夫，所以不敢不去请愿。"显然，孔子的意思是，他明知道请愿也无用，但由于身在其位，又不得不去说。(彼时，孔子在鲁国享受国老待遇)

子路脸色很不好看，他不禁想：难道说夫子行事，就只是为了追求表面形式的完备吗？难道说夫子的义愤仅仅如此，只要形式具备，实现与否根本无关紧要？

子路受教于孔子将近四十年，但面对二人之间的这道隔阂，仍旧一筹莫展。

十六

就在子路返回鲁国期间，卫国政坛的中心人物孔叔圉死了。孔叔圉的未亡人伯姬是流亡太子蒯聩的姐姐，开始走上政治舞台。她的儿子孔悝继承了父亲孔叔圉的爵位，但也只是个傀儡而已。而今当位的卫侯辄是伯姬的侄子，图谋夺取君位的前太子是伯姬的弟弟，这两个人都是伯姬的亲戚，而且亲疏相差无几。可是，在爱憎和利欲的纠葛下，伯姬一心想要帮助弟弟夺取大位。丈夫去世之后，伯姬日益宠信原本是一介下人的美男子浑良夫，她让浑良夫充当信使，在自己和弟弟蒯聩之间频传书信，密谋驱逐卫侯。

子路返回卫国之时，卫侯父子的争斗更加激烈，他依稀觉得已然是山雨欲来、风云突变。

周昭王①四十年闰十二月的一天，时近黄昏，一位使者慌里慌张地跑进子路家中。那使者是孔家总管栾宁所派。此番前来，给子

① 原本如是，但时间有误，应当是周敬王四十年，也就是公元前 480 年。

路带来栾宁的口谕：

"前太子蒯聩已于今日潜入国都，闯进孔家宅邸。当下正和伯姬、浑良夫一同挟持家主孔悝，想要逼迫家主尊奉自己为卫侯，篡夺卫侯之位。眼下大势已难挽回，吾（栾宁）现在就要跟随卫侯辄逃亡鲁国去了。其余事务，全都托付给你了。"

该来的还是来了，子路心想。孔悝是家主，是自己直接效力的主人。如今，孔悝被人挟持逼迫，自己万万没有坐视不理的道理！于是，子路提上利剑，便奔向孔氏府邸。

子路走到孔宅外门，正打算闯进去，却和一个正出门来的矮个男子撞在一起。那人正是孔门弟子，子路师弟子羔。子羔虽然为人耿直，但心胸却有些狭窄。正是在子路的举荐下，他才成了卫国大夫。子羔说："内门早就关闭了！"子路说："无论如何，我都要进去！"子羔再次劝说道："已然挽回不了了，还是不要以身犯险吧！"谁承想，子路听了这句话，竟然怒斥道："食孔氏之禄，就不能躲避孔氏的危险。"

子路甩开子羔，跑到内门，果然看到门已反锁。他咚咚咚地将门敲得震天响，却只听到里面人说："禁止入内！"子路听出了这人的声音，不由得大骂道："是公孙敢吧？贪图利益，躲避危险，这样的事我仲由可做不出来！食了孔氏之禄，就要救助孔氏的灾难。开门！快开门！"

就在这时，有人刚好从门内外出，子路趁机闯了进去。

放眼望去，大大的院子里站满了人，尽是些被急召进来见证以孔悝之名昭告天下拥立新侯的卫国臣子。大家的脸上写满了惊恐和困惑，迷茫地站在那里，不知如何是好。庭院前面的高台之上，年纪轻轻的孔悝正在母亲伯姬和舅父蒯聩的逼迫下，宣读夺位檄文。

子路站在众人身后，大喊道："为什么要挟持孔叔（孔悝）！快把他放了！就算你们杀死一个孔悝，正义之士也绝不会消亡！"

子路满心想的都是救出主人，见方才还乱哄哄的庭院顿时安静下来，所有人都回头望着自己，就立刻开始对他们进行煽动："太子懦弱，大家赶快点火烧台。太子一害怕，肯定会放了孔叔的。点火呀！快，点火！"

当时正是薄暮时分，子路指着院子四角燃着的火把高声大喊："点火！快点火！只要是感恩于先代孔叔圉的，都赶紧去点火焚台，这样一来，孔叔就能得救了！"

站在高台上的篡位者万分惊恐，赶忙令剑士石乞、盂厌去砍杀子路。

子路以一敌二，一时间，尽是刀光剑影。往昔的勇士，到底难逃岁月蹉跎。子路体力渐渐不支，呼吸也乱了。众人见子路渐落下风，纷纷开始表明自身立场。骂声全都向子路涌去，数不清的石子木棒全都向子路砸去。

敌人的长戟猝不及防地掠过子路的面颊，冠缨散断，冠帽摇摇欲倒。子路正想着用左手将冠帽扶正，却被另一个人用长剑刺中肩头。鲜血四溅，子路轰然倒下，冠帽也掉落在旁。不过，瘫在地上的子路还是伸手拿起冠帽，端端正正地戴在了头上，并麻利地将冠缨系好。面对敌人的利刃，满身鲜血的子路声嘶力竭地高喊道：

"君子死而冠不免！"

子路死了，被砍成了肉酱。

卫国政变的消息传进远在鲁国的孔子耳中，孔子脱口便道："子羔应该能回来吧。仲由大概会丧命吧。"

当孔子听说自己所言果然应验之时，这位垂垂老矣的圣人闭上双眼，久久驻足，最终还是禁不住潸然泪下。

当孔子听说子路的尸身被处以醢刑①时，立即令人将家里的一应腌制食品全部扔掉。自此之后，孔子的食案之上再未出现过肉酱。

一九四三年二月

李　陵 [①]

一

汉武帝天汉二年九月，正值秋季，骑都尉李陵率领五千步卒从边塞遮虏鄣一路向北，沿着阿尔泰山脉东南麓和戈壁沙漠相交的丘陵地带，行军三十日。朔风呼啸，戎装冰凉，万里孤军，沉重而来。兵马走到漠北的浚稽山麓，总算扎下营寨。这个地方，已是匈奴腹地。北地的秋日，苜蓿早已枯败，白榆细柳也全都叶子落尽，一派肃杀。其实何止树叶落尽，就连树木（除了营寨周围）都很难看见。放眼望去，尽皆黄沙砾石、河床干涸的荒凉景象。这里人迹罕至，只有羚羊偶尔来到这无边旷野寻找水源。高耸的远山，突兀地划破秋日天空。高空之上，北雁向南疾飞而去。众位将士望见这般景象，竟没有一人心生思乡之柔情。眼下处境之凶险，由此可见一斑。

面对以骑兵为主的匈奴大军，这样一支没有战马，只有步兵（全军只有李陵和少数幕僚有马）的军队竟敢深入敌后，真是极其鲁莽无谋。更不用说，这五千步兵之后再无援军，而且距离这座浚稽山最近的汉塞居延也足有一千五百里之远。要不是因为大军绝

---

① 本文取材自《史记》。

对信任并服从统领李陵，那么这般行军是绝无可能坚持下来的。

　　每年秋风一起，就会有大批驾着胡马的彪悍外敌，侵袭汉朝北部边境。他们杀害边吏，劫掠平民，侵夺家畜。五原、朔方、云中、上谷、雁门等地，无不是连年受到侵害。大汉元狩到元鼎年间，凭借着大将军卫青和骠骑将军霍去病的神武韬略，也曾涌现过"漠南无王庭"之大好局面，然而，此后三十余年间，北疆边患从未断绝。在霍去病英年早逝十八年、卫青大将军殒命七年之后，浞（zhuó）野侯赵破奴带领全军投降匈奴，光禄勋徐自为在朔北筑起的屏障很快便也被破坏殆尽。如今，唯有靠着前些年远征大宛立下威名的贰师将军李广利，尚能得到全军的信赖。除此之外，再无其他将帅。

　　天汉二年，时值夏季五月，贰师将军带领三万骑兵从酒泉出发，想要在匈奴犯边之前，赶往天山阻击频频窥视大汉西境的匈奴右贤王。武帝原本打算派李陵负责押运监管辎重，谁知在未央宫武台殿应召的时候，李陵竟然对这一职位极力推脱。这个李陵，是飞将军李广的孙子，从小就以骑射闻名，众人都说他很有祖父的风范。早在数年前，李陵便已官拜骑都尉，前往西塞酒泉、张掖等地教授骑射，操练兵马。如今，让已近不惑之年，正血气方刚的李陵去押送监管辎重，也难怪他不情不愿。李陵向武帝请愿说："臣操练的边境士兵，都是荆楚勇士，奇才剑客。臣愿带领他们出兵作战，从侧翼牵制匈奴大军。"武帝听闻，十分高兴，欣然应允。但不巧的是，目前各处频繁派兵，已然没有多余战马可供分派给李陵所部。尽管如此，李陵还是说不打紧。李陵这一举动实在是非常勉强，但他宁愿带领肯为自己舍弃性命的五千步卒共赴险境，也不愿押运辎重。李陵那句"臣愿以少敌众"，恰恰满足了汉武帝好大喜功的心理，因此，武帝欣然应允。

　　李陵立刻返回西塞张掖整顿大军，即刻带领大军向北进发。当时，在居延驻军的强弩都尉路博德，奉武帝诏令，在半路迎接李陵军队。到目前为止，一切还算顺利，再往后，形势便每况愈下了。

路博德曾在霍去病麾下效力，官拜邳离侯，元鼎五年还被拜为伏波将军，带领十万大军荡平南越，实在是一位久经沙场的老将。后来，他因为犯了法被削去侯爵，贬官至此，戍守西塞。从年龄上来说，路博德差不多和李陵父亲相仿。曾为侯爵的老将，目下竟然要屈居在年纪轻轻的李陵之下，心中自然很不高兴。

于是，路博德在等候李陵所部的同时，派遣使者前往都城上呈奏章。奏章上写道：而今正值秋季，匈奴马肥，而且匈奴最善骑战，万万不能以李陵孤军迎其锋芒。臣以为将李陵及其所部留到明年开春，再由酒泉、张掖各调拨五千骑兵，和李陵东西共进，方为上策。

李陵对于这件事全然不知。但武帝阅罢奏折却是震怒不已，早已认定这是李陵和路博德共议之后才上的奏章。在武帝看来，李陵当初在自己面前夸下海口，一到边疆前线就心生怯敌之意，简直岂有此理！于是，即刻派遣使者从都城出发，分别前往路博德和李陵处传召。诏令路博德道：当初李陵在御前夸下海口，说是要以少击众，所以你无须从旁协助。现在入侵西河，你立刻和李陵兵分两路，带领军队赶赴西河，切断敌军入侵之路。诏令李陵道：速速赶往漠北，在东至浚稽山、南至龙勒水一带探查敌情，要是没有异常情况，就沿着浞野侯当年的路线，前往受降城休整大军。诏书中当然还严厉斥责了李陵和路博德商议上奏一事。

就算暂且不说以孤军深入敌人腹地侦察敌情的艰险，仅是要求未曾配备战马的步卒走完这数千里行程，便已比登天还难。再考虑上徒步行军的速度之慢、人力牵引辎重的效率之低、胡地入冬后气候之寒，任何人都对前路的艰险十分明了。武帝绝对不是昏庸之君，他和隋炀帝、秦始皇等都不是昏庸的皇帝，有着相同的优缺点。想当初，贰师将军李广利——武帝第一宠妃李夫人的兄长，因为兵力不足打算从大宛班师回朝，便触及了武帝之逆鳞，竟然被拦在玉门关外，不准其入关。当初征讨大宛之原因，不过是武帝一时兴起，想要获取良马而已。大汉天子，金口玉言，说出去的话，就算是再怎么偏颇，也必须坚决执行。况且，此次乃是李陵主动请缨，虽然无论是从季节上还是从路程上，条件都极其艰苦，但这也绝对不是他犹豫踌躇的借口！于是，李陵便踏上了无一骑兵的北征之路。

李陵所部在浚稽山间滞留十数天。在此期间，每天都派出斥候打探敌情，同时还要把这一带的山川地形全部绘制成图并呈报朝廷。李陵麾下一位名叫陈步乐的士兵，带着这些文书图册，独自快马加鞭，赶往朝廷。这位被选中的使者向李陵行了个礼，翻身跨上总数不足十匹的马匹中的一匹，挥动马鞭，如箭一般冲下山丘。将士们全都怀着惴惴不安的心情目送他离去，陈步乐的背影越来越小，最终消失在茫茫大漠之中。

十天里，未曾在浚稽山东西三十里范围内发现一个匈奴兵。

贰师将军李广利在他们之前，趁着夏天向天山挺进，曾一度大败匈奴右贤王所部，但在班师回朝途中，惨遭另一支匈奴大军围剿，最终惨败。据传，汉军将士有十之六七都战死沙场，就连将军都险些遭难。李陵等人几乎同时听到了这些消息。那么，大败李广利所部的匈奴主力而今安在？眼下，因杅将军公孙敖正在西河、朔方一带整顿军队，严防敌军（和李陵兵分两路的路博德就是被派来驰援公孙敖的），不过，不管是从时间还是从距离上进行推算，此二人面对的应当都不是匈奴主力。因为，匈奴主力不可能在如此短暂的时间内，由天山向东行军四千里，抵达河南（鄂尔多斯）。所以说，按照推算，匈奴主力目前应当还驻扎在由李陵所部营地向北直到郅居水之间的区域。

李陵每天都要爬上前山的山顶，四下眺望。从东向南全都是茫茫大漠，从西向北全都是草木稀疏的丘陵山脉。间或有几只如鹰似隼的飞鸟飞掠于秋云之间，可地面上，却连一个匈奴兵都没有见过。

李陵命令，将兵车首尾相连，围在山间疏林的边缘，让兵士在里面扎营休息。每到夜幕降临，气温骤降，士卒们就会将为数不多的树枝折取下来，焚烧取暖。屯驻此处的十天里，月亮由圆满到残缺，最终踪影难寻。大概是因为这里的空气非常干燥吧，所以星空分外美丽。每晚，天狼星闪闪发光，挨着群山黑黢黢的影子，洒下银白色的光辉。在这里驻留了十多天，都安然无事，因此，李陵于当晚下定决心，要在次日动身离开，按照指定路线向东南挺进。然而，就在这天晚上，一名步哨不经意间抬头望向明亮的天狼星时，看到它的下方，有一颗硕大的赤黄色星体正在闪动。步哨正诧异不解，此前从未出现过的那颗赤星竟然动了起来，还拖出了长长的红色光影。紧接着，第二颗、第三颗、第四颗、第五颗……形状相似的光斑接二连三地出现在它的周围，并跟它一样移动起来。步哨正要高喊，那些远远的光斑竟然忽的一下全都熄灭了，真是恍然如梦。

李陵接到步哨报告，立即下行，天一亮就进入战斗准备状态。他出了营帐，巡检各处，随后返回大帐，和衣而睡，很快便鼾声如雷。

第二天一大早，李陵起身出帐察看之时，大军都已按照昨夜安排完成列阵，静静等候敌军前来。士卒全都在战车阵前列队，前排手拿戟盾，后排手执弓弩。

拂晓时分，山谷两侧的山峰仍旧寂静森然。不过，依稀可以感觉到，那些巨大的岩石后面，仿佛都潜藏着杀机。

晨光洒向山谷（单于礼拜朝阳的仪式结束之前，匈奴不会发动攻势，这是匈奴习俗），刚刚还空空荡荡好似无一物的两侧山峰、山腰间，冲出了不计其数的人影。伴随着震撼寰宇的喊杀声、呐喊声，匈奴兵如潮水般涌下山来。在匈奴先锋逼近到二十步时，一直静静观察的汉军阵营才响起隆隆击鼓声。一瞬间，千弩齐发，数百名匈奴兵应弦倒下。幸存的匈奴兵立刻仓皇失措，汉军前阵戟兵立刻挺上前去，压上阵来。匈奴兵全面溃散，逃窜上山。汉军乘胜追击，斩首数千。

这场仗，打得酣畅痛快，十分漂亮！只是，敌寇费尽心机发动进攻，应该不会就此退去。仅从今天发动攻势的匈奴兵来看，大约有三万多敌军。加之山间旗帜翻飞，李陵推想着肯定是单于的亲兵主力。既然单于在此，那么必定是准备完全，只怕后面再有八万、十万大军也不奇怪。李陵果断地下达了拔寨撤离，向南行军的命令。而且，他还改变了前一天拟定的行军路线，不再往东南两千里外的受降城进军，而是沿着半月之前来到这里的路向南行军，以期尽早退回居延塞（这同样也是千里开外之地）。

向南行军的第三天晌午，汉军背后，北面遥远的地平线处，忽然黄沙漫漫，铺天盖地。匈奴骑兵追来了！第二天，凭借战马迅捷的八万匈奴兵蜂拥而至，将汉军团团围住。不过，仿佛前几天的那场战斗让他们吃了些教训，因此并不敢逼上前来，只是远远围住这些南撤的汉军，骑在马上伺机放箭。李陵下令全军停止后撤，摆开阵势，准备迎战。敌人见状，策马远去，不做缠斗。李陵下令大军开拔，敌军便会再次围上前来开始放箭。如此一来，李陵的行军速度显著下降，死伤的士卒也一天多似一天。匈奴兵采用这样的战法，对汉军穷追不舍，就像是旷野中的狼群，若即若离地跟在身心俱疲的旅人身后。他们尝试用这种战术逐渐消耗汉军力量，并等待时机，给汉军致命一击。

李陵所部且战且退，南撤数日，终于进入一处山谷休养。伤兵已然十分之多，李陵下令清点全军人数，查明伤亡情况。随即下达如下指令：身负一处伤的士卒，照常拿着兵器作战；身负两处伤的士卒，帮着推兵车；身负三处伤的士卒，才能坐到车上。因为运力不足，牺牲的将士尸首，只能被留在这茫茫旷野之上。

当晚，李陵巡视大营，在辎重车辆上看到一位身穿男装的女子。他立即下令逐一检查所有战车，竟然搜出十几个以这种方式藏在大军里的女子。当初关东群盗被朝廷清剿，他们的妻妾子女全都被赶到西塞居住。其中有不少寡妇因为缺衣少食，有的嫁给戍边士卒，有的则沦为娼妇，专接士卒生意。眼前这些藏身战车，一路跟到茫茫漠北的，就是这样一些人。李陵只下了一个简短的军令，让军吏将这些女子斩首；至于将这些女子带来的士卒，他连提都没提。那些女子被押到山谷空地，凄惨的哭声阵阵传来，一瞬间又猝然消失，仿佛是被寂静的黑夜吞没了一般。军帐之中，将士们全都一脸严肃地听着，默不作声。

第二天一大早，静寂多时的匈奴兵再次来袭。李陵所部背水一战，和匈奴大杀一场，最终敌军败退，汉军斩首三千有余。连日因为匈奴的游击战术而焦躁郁闷的低落士气一扫而空，汉军士气大振。

第二天，李陵所部沿着以前的龙城道，继续向南撤退。匈奴仍旧采纳之前战术，远远围攻骚扰。第五天，汉军进入一片沼泽，此种地形在茫茫大漠之中并不罕见。那里长满了芦苇，水即将上冻但还未冻实，泥沼没过膝盖，仿佛永远都走不到头。匈奴一队人马绕到上风口，放起大火。白日之下，尽管火焰有些苍白，不是那么夺目，但风助火势，熊熊烈焰很快就已烧到汉军跟前。李陵当机立断，下令放火烧掉周围的苇秆，火势无法蔓延，总算勉强自救。

虽然火灾暂时防住了，但是在泥沼地中行进的艰难，简直无法用语言形容。李陵所部一整晚都在泥泞的沼泽中赶路，一会儿都没有休息，总算在第二天一大早到了一处丘陵地带。不过，就在此时，早已迂回至此事先埋伏的匈奴主力向立足未稳的汉军发动了袭击。

短兵相接，人马混战。为了避开匈奴骑兵的锋芒，李陵下令弃下战车辎重，把阵地转移到山麓疏林。李陵所部手持弓弩向外齐射，这一招非常奏效。单于和他的近卫队恰在此时冲锋在前，遭到汉军的连弩齐射。单于胯下的白马受到惊吓，高高扬起前蹄，立起上身，将身披蓝袍的胡酋摔落在地。单于亲兵中立刻冲出二骑，二人骑在马上，俯下身来，捞起单于，被其他骑兵护在中间，飞速撤离。混战之后，李陵所部总算将顽敌击退。这是数日来最为艰难的一场战斗，尽管敌军弃下数千尸首，但汉军同样战死近千名士卒。

当天俘虏了一个匈奴兵，他透露了一部分敌军内情。听说，单于见汉军如此强悍，内心震惊不已。认为汉军面对数量上是自己二十倍的匈奴大军竟然没有丝毫恐惧之心，而且日日南下，便疑心这是汉军的诱敌之计，抑或是周围某处已设好了伏兵，才让汉军这般有恃无恐。单于已于昨夜向自己的数名心腹大将说出心中怀疑，并与其商议对策。大家也觉得单于的怀疑或许是事实，但最终还是主战派占了上风。加之此次是单于亲自带领数万骑兵围击汉军数千军队，如果不能将其剿灭，那必是颜面尽失，因此决定，在这个向南绵延四五十里的山谷间力战猛攻，如果出了山谷到达平原，全力一战还不能破除汉军，再退兵北上。汉军得到这一消息，自校尉韩延年以下的幕僚无不心生欢喜，燃起最后一缕希望，觉得或许还有生还的可能。

从第二天起，匈奴就对汉军展开无比猛烈的攻击。这大概便是那位匈奴俘虏提到的最后的攻势吧。一天之中，这样的进攻竟然反反复复上演十几次。汉军一边严防死守顽强反击，一边缓缓向南撤退，终于在三天之后，抵达平原地带。在平原上开战，骑兵优势尽显，威力倍增，于是匈奴便借着优势，不断冲锋，想要将汉军打垮，但最终却还是在留下两千余具尸首之后铩羽而归。如果那位俘虏所言非虚，那么匈奴的追击应当到此便结束了。虽说区区一个匈奴小兵的话不能尽信，但幕僚们还是略略舒了口气。

当天夜里，军侯管敢逃出汉营，投降匈奴。这管敢原本是长安城中一个泼皮无赖，因为前一天晚上刺探敌情时不尽职尽责，被军中校尉、成安侯韩延年当众责骂鞭笞，因此便心怀怨恨地背叛了汉军。还有就是，前几日在溪谷被斩的一众女子里面，有一位是他的妻子。管敢对那位匈奴俘虏的交代心知肚明，因此在他被带到单于跟前的时候，便竭尽全力劝说单于不要担心伏兵。他对单于说，李陵所部根本没有后援，而且箭矢即将用尽，伤员很多，行军十分艰难。还说，汉军中坚乃是李陵和韩延年各自亲率的八百士卒，分别竖着黄旗和白旗。并说，只要集中精锐骑兵破了这两支部队，那么其他汉军就很容易歼灭了。单于喜不自胜，给了管敢许多赏赐，并立即下令停止北撤。

第二天，匈奴派出最为精锐的骑兵向竖着黄旗和白旗的阵营发起猛攻，还高喊着："李陵韩延年速速投降"。汉军被匈奴攻势压制，从平原地带被逼入西侧山地的山谷之中，脱离了既定路线。匈奴的箭矢如同大雨般从四面山头向山谷的汉军射来，汉军虽然有心应战，但无奈箭矢殆尽，根本无力还手。当初从遮虏部出发的时候，每名士卒随身携带一百支箭，一共是五十万支，时至今日，已然全部射尽。除箭矢之外，军中的刀枪矛戟等兵器，也已损耗过半，真可谓刀折矢尽。尽管如此，没有矛戟的士卒还是砍下车辐拿在手里做兵器，军吏也手拿短刀死死坚守。山谷纵深，愈往里愈狭窄。匈奴兵从四面山崖上滚落许多巨石，这比箭矢造成的死伤更多更大。面对累累尸首、层层落石，汉军已然没有了前行可能。

当天晚上，李陵换上窄袖短衣，一人轻装出了大营，禁止左右跟随。月亮探出山峡，银白色的月光洒在山谷间的尸堆上。撤出浚稽山的那天晚上，月亮还无踪影，而今，月亮再度挂在天上。银光如水，白霜满地，山坡上亮堂堂的，就像是被水浸过一样。

汉营将士根据李陵的装束，推测他此去乃是只身窥探敌营，并找机会刺杀单于。李陵去了很久也未还营，将士们屏气凝神，关注着外面的一切。一阵胡笳声从远处山峰的敌营间传了过来。许久之后，李陵终于悄无声息地掀开帘子，进得军帐。

"再没有希望了。"李陵颓然坐在矮凳上，只低声说了这么一句。不一会儿，他再次喃喃自语道："除了全军战死，再无其他出路。"

众人全都肃然无声。过了片刻，才有一位军吏开口说："早年间，浞野侯赵破奴曾经被匈奴所俘，过了几年逃回朝廷，陛下并没有追究他的罪责。而今，将军你以孤军大震匈奴，就算未来回到汉都，陛下肯定也会以礼相待的。"

李陵赶忙制止他道："且不说我李陵一人的生死荣辱，而今如果再有几十支箭，或许还有突围的可能。但箭矢已然耗尽，就算拖到明天天亮，大军也是在劫难逃了。但假如趁着晚上突出重围，像鸟兽一样四散而去，说不定还有人能逃出重围，向陛下汇报军情。这里大概是鞮汗山北侧山地，距离居延还有几天行程。虽然不知道能不能顺利突围，但事已至此，再没有别的办法了。"

诸将全都表示赞同。于是，军内将士全都收到了这样一条命令：每人领两升干粮、一块冰片，自行作战，不顾一切，奔向遮虏鄣。随后，又将营中旌旗全部砍倒，埋到地下，并将兵刃战车辎重等一切可能为敌所用物资全部损毁。

当天午夜，汉军击鼓起事，鼓声凄然沉闷。李陵和韩延年跨上战马，带领十几个勇士作为先锋，打算以被逼入峡谷时的东口为突破口，突围到平原地带之后，再向南行。

此时，早早升起的月亮已然落下山冈。因为匈奴未加防备，所以三成之中竟有两成人马按照计划从山口突围而出。不过，很快就遭到匈奴骑兵的追击。大多徒步士卒都被匈奴骑兵斩杀或者俘虏，不过，仍有几十名士卒在混战中夺下匈奴战马，快马加鞭地向南奔去。李陵见在夜色蒙蒙的茫茫大漠上，已有过百汉军士卒摆脱匈奴追击，成功逃脱，便调转马头，奔回峡谷口那片惨烈的战场。他已然身负数伤，战袍也早已被自己和敌军的鲜血浸透，潮涔涔的，异常沉重。方才和他并肩作战的韩延年已然以身报国。所部全军覆没，李陵觉得自己根本无颜面对天子。他重新拿起长戟，再次冲入乱军之中。昏暗之中，敌我难分，一片混战，李陵胯下坐骑大抵是中了流矢，猛地栽倒在地。李陵正提起长戟想要刺入敌军身躯，后脑却猝不及防地遭到一记重击，登时便晕倒了。本就打算生擒李陵的匈奴士兵，见他跌落马下，便层层叠叠地围了上来。

二

五千汉军士卒九月起开始向北挺进，到十一月，只有不到四百残兵带着满身疲惫返回边塞，而且主将已然折损。李陵战败的消息立刻通过驿站传回长安城。

武帝并没有发怒，这简直出乎所有人的意料。不过，想想就连李广利的主力大军都惨败而归，自然不能要求李陵带领一队孤军大破敌营。而且，武帝坚信李陵定然已经战死。只是，此情此景，原先作为李陵信使返回长安，因在御前奏禀"前线一切正常，士气十分高昂"而受到嘉奖、被封郎官留在都城的陈步乐，处境尴尬至极，只得自裁谢罪。他的遭遇着实可怜，但也确实无奈。

第二年，也就是天汉三年的春天，汉廷得到李陵并未战死而是被俘降敌的确切消息，武帝才勃然大怒。如今已近花甲之年的武帝，至今即位已然四十多年，可脾气甚至比壮年时还要暴烈不少。他笃信仙神巫觋，之前已经被自己坚信不疑的一众方士欺骗多次。这位亲手造就大汉盛世，已然御宇五十余载的汉武大帝，自打中年之后，便对灵魂世界耿耿于怀、忧虑难安。正因如此，来自这个方面的失望，往往会带给他巨大的打击。随着年龄的增长，这种打击让他对群臣的阴暗猜疑不断在原本豁达的内心生根发芽。李蔡、青翟、赵周等高居相位之臣，全都被判死罪。而今丞相公孙贺当初拜受圣旨之时，竟然因为担心自己日后的下场，吓得在武帝面前号啕大哭。自从刚正耿介的汲黯①离都之后，皇帝身边尽是些佞臣酷吏。

武帝召集大臣商量怎样处置李陵。虽说李陵不在汉廷，但是给他定罪之后，他的妻子家眷及家中财产便会悉数受到处理。

当时有一个廷尉，是有名的酷吏，时常揣度圣意，并采用合法手段曲解法条，迎合武帝心意。有人看不过去，用法律的权威性诘问于他，他却回答说："先世之主肯定的是律，后世之主肯定的是令，只有当今天子肯定的才是法。"实际上，当时那些朝廷大臣，无一不是廷尉这种货色。上到丞相公孙贺、御史大夫杜周、太常赵弟，下到文武百官，竟然没有一个人胆敢冒着触怒武帝的风险，替李陵稍加辩解。所有人都极尽口舌地咒骂李陵的卖国行径，甚至有大臣说，只要想到当初曾和李陵这种叛徒一朝做官，就觉得万分羞愧。一众大臣都认为，李陵的所有举动都有可疑之处。甚至李陵堂弟李禹倚仗太子宠信而骄纵恣睢之事，都成了众人对李陵进行诽谤的证据。对李陵最大的同情和善意竟然是沉默不语，但是能做到沉默不语的也不过寥寥数人而已。

此情此景，只有一个人脸上露出了十分凝重的表情。他发现，那些数月之前在李陵离京之时为他举杯壮行的和如今这些极尽口

---

① 汲黯：西汉名臣，字长孺。

舌之能对他进行污蔑的，竟然是同一批人。当使者从漠北回到京城，带来李陵所部一切顺利的消息时，盛赞李陵孤军深入，不愧是名将李广之孙的，不也是这群人吗？在他看来，武帝英明睿智，足以看清这些官员阿谀奉承之嘴脸，也很明白他们这些人是故意装出忘却往事的样子，但身为帝王的武帝，仍旧选择不看事实，不求真相，实在让他迷惑不已。不，实际上也没什么可迷惑的。他很早就知道，这便是人的本性。不过，他还是厌恶不已，时至今日，仍无法改变。他只不过是朝廷的一个下大夫，竟敢在武帝垂问之时，毫不遮掩地对李陵大加称赞。他说：

"李陵对待父母十分孝顺，对待朋友非常诚信，时常为了国家急难之事奋不顾身，一向很有国士风度。而今，李陵不过是一件事处理不当，那些整天只知道顾全自己保全妻子儿女的臣子们就开始对他的失误夸大其实，妄图蒙蔽圣上，真是让人心痛啊！更何况，李陵此次只带不足五千步卒出兵，深入匈奴腹地，让匈奴数万骑兵疲于奔命，转战千里，在箭矢用尽、道路断绝的情况下，将士们仍旧拉着空弩，冒着白刃，拼死作战。这样手下之人尽皆死战的情况，就算是古时候的名将也不过如此。李陵虽然战败了，但是他能征善战的威名足以流传四方。他之所以没有战死而是归降了匈奴，臣觉得，或许是特意在胡地潜伏，以图报效朝廷……"

朝中大臣听了这番言论，全都震惊万分。谁都想不到，当时世上，竟然还有人这般直谏敢言。武帝震怒不已，臣子们全都惊恐万分地窥视着。他们心里想的都是：这个人竟然敢在这种情况下把他们说成是"只知道顾全自己保全妻子儿女的臣子"，想想他的下场，就忍不住觉得好笑。

这个不计后果的太史令司马迁刚从御前告退，就有一个"只知道顾全自己保全妻子儿女的臣子"凑到武帝耳边，说司马迁和李陵向来亲厚。还有人说，太史令司马迁此前曾和贰师将军李广利有嫌隙，他之所以这般称赞李陵，就是想要陷先于李陵出塞却无功而返的贰师将军李广利于不义。总而言之，一众臣子都说司马迁不过是个小小的掌管历法、占卜、祭祀的太史令，这样的行止，简直就是僭越。最荒唐的是，司马迁竟然比李陵族人还先获罪。第二天，司马迁就被打入廷尉大狱，处以宫刑。

中国自古以来，主要有四种肉刑，分别是黥刑、劓刑、刖刑、宫刑。在武帝祖父汉文帝在位期间，废除了除宫刑之外的其他三种。所谓的宫刑，就是一种把男人变成不再能称其为男人的怪异刑罚。宫刑又称腐刑，相传是因为受刑之后，创口会散发腐臭而得名；也有人说，是因为受刑之后的男子就会变得如同腐木一般，再也无法结果而得名。受过宫刑的人被称为阉人，宫廷之内的大部分宦官都是这种情况。司马迁原本不用遭受这种肉刑的。只可惜，彼时的太史令司马迁只是一个小小的文官小吏，并不是我等后辈眼中举世闻名的《史记》作者司马迁。在当世之人眼中，他的确头脑清楚，可是对于自己的智慧太过自信，不仅不善与人交际，而且和人论辩之时从不甘居人后，是一个清冷孤傲、冥顽古怪之人。因此，他被处以宫刑，世人并不觉得意外。

从周朝开始，司马氏就担任史官之职。而后，司马家离开周朝，去往晋国，又去往秦国做官，到汉朝建立，家族第四代传人司马谈在武帝手下为官，于建元年间出任太史令一职。司马谈正是司马迁的父亲，不仅擅长律法、历法和天文占卜，而且精通道家学说，博采儒家、墨家、法家、名家等诸子百家学说，并融会贯通，为己所用。司马谈对自己的头脑和思维能力十分自信，这一点完美地传承给了他的儿子司马迁。司马谈对其子司马迁采取的是先传授其诸子百家学说，再让其周游海内的教育方式。这种教育理念，在那个时代，可谓别出心裁。当然，这样的教育方式对于后来司马迁成为史学家是大有裨益的。

元封元年，武帝东巡，泰山封禅。那个时候的司马谈尽管满腔热血，但却因病滞留周南。他因天子始行汉室封禅之时未能恪尽职守身临其境，竟然悲愤而亡。司马谈一生所愿便是编著一部贯古通今的通史，可却在史料刚刚收集完毕之际，便与世长辞。司马谈之子司马迁，在其所著《史记》的最后章节里，非常细致地记叙了父亲临终时的景象：司马谈自知时日无多，于是就将司马迁叫到身边，握着他的手，垂泪不止，对修史的必要性千叮万嘱，叹息自己无用，身为太史令却没能将贤君忠臣的事迹记录下来，白白让他们的事迹埋于地下。他叮嘱儿子说："我百年之后，你必定会担任太史令的职务。你上任后，一定不要忘记父亲的遗愿。"司马谈还反复告诫司马迁说："这是最大的孝，你一定要谨记于心。"司马迁垂头流泪，立誓绝不辜负父亲遗命。

父亲去世两年后，司马迁果然继任了太史令的职位。他原本打算参考父亲搜集的史料以及宫廷收藏的秘典，立即着手修史，传承父亲留下的天职。然而，他一上任，就被委以修订历法的重任。他专心修订历法，历时整整四年，终于在太初元年修订完毕。此后，四十二岁的司马迁立即开始着手编纂《史记》。

关于这部史书的框架布局，司马迁早已胸有成竹。他心中构架的史书，是一种前所未有的崭新形式，与之前的所有史书都不一样。在司马迁看来，《春秋》彰显了道义性评价，但是从传承史实角度来看，却很难让人满意。他认为，史书最重要的便是记录史实，而非总结教训，进行道德训诫。至于《左传》《国语》，的确史实丰富。尤其《左传》，叙事巧妙简直让人叹服。不过，这两本史书却鲜少对那些创造了历史的人物进行深入探究。他们总是被放在宏大的历史事件中，从中衬托鲜活形象，至于他们做出种种作为的原因何在，背景何在，也就是说人物的身世背景到底如何，却十分欠缺。司马迁对此并不满意。而且，此前的史书主要的着眼点在于让今人明史，很少关心怎样让后人明今。总之，司马迁追求的内容，以往史书中是没有的。不过，以往史书到底什么地方不尽如人意？要想得到答案，必须亲自去写才能真正明白。可以说，他迫切希望把心中长时间茫然郁积的内容写出来，这种渴望更甚于他对以往史书的批判。唯有通过亲自创作，才能将心中的批判表达出来。自己长期在脑海中构思的内容到底是否能够称之为史，他并不确定。不过，就算不能称之为史，也是一定要写下来的（不管是对世人，还是对后代，尤其是对自己，此事意义十分重大），对这一点他倒是自信满满。司马迁遵照孔子先例，奉行"述而不作"的准则，不过，在对"述"和"作"的具体把握上，他又和孔子大不相同。在司马迁看来，单以编年体罗列史实并不能称其为"述"；而妨碍后人了解史实、过于主观的道义论述才能称其为"作"。

汉定天下，传承五代①，跨越百年，那些因为秦始皇的焚书政策而湮灭抑或是被人隐匿的书卷，总算得以重见天日，文化复兴的气势十分强劲。修史不仅是汉朝的需要，更是时代的需要。从司马迁个人角度来说，在父亲遗愿的激励下，他的学识、眼界及笔力都有了长足提高，一件浑然天成的作品正呼之欲出。他的修史大业进展十分顺利，甚至顺利得让人有些无所适从。之所以这样说，完全是因为，书写开篇的五帝本纪到夏商周秦本纪之时，司马迁还全然是一名梳理史料并力求记述准确的工匠，但写完秦始皇本纪，开始项羽本纪这一部分的写作时，那份匠人的冷静竟渐渐变了味。有些时候，他甚至觉得自己就是项羽，换而言之，他总是不由自主地寄情于项羽：

---

① 作者原文写的是五代，实际上应该是七代，即高祖刘邦、惠帝刘盈、前少帝刘恭、后少帝刘弘、文帝刘恒、景帝刘启和武帝刘彻。

项王则夜起，饮帐中。有美人名虞，常幸从；骏马名骓，常骑之。于是项王乃悲歌慷慨，自为诗曰："力拔山兮气盖世，时不利兮骓不逝。骓不逝兮可奈何，虞兮虞兮奈若何！"歌数阕，美人和之。项王泣数行下，左右皆泣，莫能仰视。

能不能这样书写史书呢？司马迁有些拿不定主意。这般激昂的文字到底合适不合适？他始终警惕着"作"，他始终谨记，自己所为皆是为了"述"。其实，他也的确唯"述"而已。只是，这种"述"过于鲜活淋漓！若不是形象思维能力极其发达之人，是万万做不到这种"述"的。有的时候，他实在担心自己会落入"作"中，于是便会重读文稿，尽数删去那些让历史人物如同芸芸众生一般鲜活的字句。这样一来，他的确不用再为"作"而担心了，但那些历史人物也确确实实地停止了畅快的呼吸。这样一来，（司马迁又想）项羽还能称其为项羽吗？项羽、始皇帝、楚庄王，凡此种种全都成了同一个人。把原本就各不相同的历史人物写成同一个人，这又如何能算得上"述"呢？所谓"述"，不就应该把原本不同的人做出不同的记述吗？这般思考一番，司马迁又觉必须将那些被删去的字句再加上去。于是，他将文章改回原样，然后再读，才有了如释重负之感。不，不光是他，那些活在他文字里的项羽、樊哙、范增等历史人物，仿佛也都舒了口气，安心待在原处了。

在心情不错之时，武帝算得上一位高超非凡、心胸豁达的文教拥护者，而且太史令这个官职需要在其位者拥有特殊技能而且作风务实笃行，这便让司马迁远离了朋比为奸、谄媚诬陷成风的官场所带来的对其地位（或生命）的威胁。

那几年，司马迁每天都很充实，也很幸福（彼时之人的幸福观和当今之人相去甚远，不过，对幸福的追求却是永恒不变的）。他无法做到和光同尘，只一味凭借极其乐天豁达的心态去针砭时弊，嬉笑怒骂，畅谈古今，尤其喜欢舌战辩论，直到对手哑口无言。

司马迁从未想过，几年之后，竟会突然遭此横祸。

昏暗的蚕室——遭受宫刑之人最怕风，所以才会在封闭的暗室之中生火取暖，静养几天。这样的密室温暖昏暗，就像养蚕的暖房一样，故而得蚕室之名。司马迁靠在墙边，四顾茫然，只觉身心一片混乱。他最先感受到的并非激愤，而是惊骇。他平时倒是想过自己是否会被斩首，或者用其他方式赐死，甚至想象过自己被处死时的模样。在违背武帝心意对李陵大加赞赏之时，他也曾想过自己稍不注意便有可能招来杀身之祸。可是，他从未想过，在这么多的刑罚之中，自己遭受的偏偏是最为羞耻的宫刑！说起来，自己也真是迂腐至极（既然能想到死刑，自然也该想到其他任何刑罚都有可能），尽管司马迁想过自己或许会横遭不测，丢了性命，但这般丑陋之事发生在自己身上，却是他从未料想过的。每个人身上都只会发生和他本人相称的事情，这是司马迁心中始终存有的一种近乎信念的想法。这种想法是在他长时间编修史实过程中自然形成的。这就像是，就算同处逆境，慷慨之士经受的往往是激昂惨烈的悲痛，软弱之徒经受的却是缓慢又丑恶的凌辱。换而言之，就算刚开始一个人时运不济，那么他也可以通过后期的应对方式，让命运和自身特点相合。司马迁始终坚信自己是堂堂男子汉，就算身为一介文官小吏，他也坚信，自己比当世任何一位武人都更有男子气概。其实不光是他，就连那些对他从无半点好感的旁观者，对此也十分认可。所以，按照他的这套逻辑，就算自己被判的是最为惨烈的车裂之刑，他都可以接受。然而，将近知天命之年的司马迁，竟然遭受了这般奇耻大辱！他想起置身蚕室的自己，便觉恍如梦中。他多希望这是一场梦啊。但当他背靠墙壁，缓缓睁开双眼的时候，看到的却是三四个衣衫不整、蓬头耷脑的男子，他们在这间昏暗的密室中，有的躺着，有的坐着，既散漫，又落魄。当他意识到自己如今也是那般模样时，喉咙中不禁发出了一声嘶喊，只是不知那嘶喊到底是呜咽还是怒号。

在数天的愤懑之中，司马迁也会因为学者的习惯而做出一些思索，更确切地说是反省。他在反省，这个事件的始作俑者到底是谁？到底是谁做的哪些方面的恶导致的？中国和日本，在君臣之道上是完全不同的。因此，司马迁最先想到的怨恨对象便是武帝。其实，他一度满心怨愤于武帝，根本没有心思思考其他问题。没过多久，心中的狂乱渐渐平息，身为历史学家的他便恍然大悟。他不同于普通儒生，知道用史学家的标准对先王功绩进行客观评价，就算是在评价当今天子武帝，他也会摒弃私怨，秉持客观标准。不论从何评判，武帝都是一代伟大帝王。就算他缺点不少，但只要他尚在位，汉家天下就如同磐石一般安稳。汉家历代帝王，除去高祖不说，仁君文帝、明君景帝和他比起来，都多多少少有些逊色。不过，人越伟大，他身上的缺点也会被同样放大，这实在是难以避免。就算司马迁悲愤至极，他仍旧清楚地记得这一点。他只能将这次变故当作遭逢疾风骤雨或者遇到晴天霹雳那样的无妄之灾。这一想法让他的激愤之情越发急切，不过，另一方面，也让他更加达观。

既然不能将怨恨的矛头指向君王，那么君王身边的奸臣就会成为新的目标。这帮家伙无疑是可恶的，但他们的恶却不是最重要的，而是附属性的。更何况，司马迁向来自负，根本不屑于将这帮小人当成自己的怨恨对象。

他对那些中庸之徒感到从未有过的愤怒。这些人简直比奸臣酷吏还要难以应对。起码，他站在一旁，看到这群人就气不打一处来。这群人只会追求良心上廉价的无愧，并尽可能让旁人放心，简直岂有此理、滑稽至极！他们嘴上既不辩解也不反驳，心里既不反省也不自责。丞相公孙贺便是此中"翘楚"。一样都是阿谀奉承，杜周（近来，这个人公然陷害前任御史大夫王卿，并成功上位）等人很明显是对自身行径心中有数的有意为之，可那好好先生丞相，却是根本没有这样的自知之明的。就算被人说成是"只知道顾全自己保全妻子儿女的臣子"，他大概也不会有一丝一毫的抵触情绪。因此，去怨恨这种人，根本不值得。

最后，司马迁只能尝试着把满腔的愤恨指向自己。其实，假如一定要对什么心怀愤恨，最终往往都会指向自身。但自己又有什么错呢？不管从哪个角度考虑，他都想不出替李陵辩解有什么错，也想不出自己的行为方式有什么不妥。既然不想随波逐流地阿谀奉承，那么自己便只有这一条路可走。既然如此，不管这问心无愧的举动会给自己带来怎样的后果，身为士人的自己都必须坦然领受。这话的确不假，所以自己早就做好了思想准备，车裂也好，腰斩也罢，自己绝不会有半句怨言。但宫刑——自己竟会受此屈辱之刑并落得这般惨状——就又作别论了。尽管宫刑、刖刑、劓刑都会造成身体残缺，但是残缺方式却大有不同。这样的刑罚，本就不该加于士人身上。不管从哪个角度来说，而今这副残损的身躯，都是绝对丑恶、毫无辩驳余地的。心灵的创伤还有可能随着时间的流逝而痊愈，但肉身上的这般丑态，却是至死不变的。不管当初动机如何，既然结果已定，也唯有低头认罪而已。但自己到底罪在何处呢？到底是不是自己的罪呢？何罪之有呀，所行之事皆为正道。假如非得说罪，那么自己的存在本身就是罪吧。

他虚脱地瘫坐在地，茫然无措，又猛然起身，犹如一头负伤的野兽般，一边在昏暗闷热的蚕室里绕圈而行，一边沉吟低吼。他不知不觉地重复着上述行为，思绪也以同样方式原地打转，无穷无止。

司马迁并没有试图自杀，只是有几回神志不清时以头撞墙，头破血流而已。他很想死，觉得自己如果真能一死了之，简直是莫大的好事。如今遭受的耻辱比死可怕得多，甚至让他不再恐惧死亡。但他为何没有一死了之呢？监牢里没有自杀工具当然是一方面，但另一方面，心中似乎有某种东西在阻止他。刚开始，他也没有弄清那种东西为何物，只觉得自己在狂乱愤懑之中，时常感受到死之诱惑，但茫然之中，好像又有什么在阻止他这样做。人有些时候总会觉得怅然若失，但又弄不清自己遗失的到底为何物。这便是司马迁当时的心境。

获释归家禁足期间，司马迁才猛然醒悟，这月余的狂乱纷扰早已让他把视为毕生事业的修史大事抛到了九霄云外。但是，他也觉察到了，这种遗忘仅限于表面，阻止自己自杀的正是潜藏在潜意识中的对这份事业的执着和留恋。

十年之前，父亲在病榻之上握着自己的手，含泪将毕生所愿托付给自己，那凄切的言语至今仍时在耳畔回荡。如今，在他深切体会到悲惨之痛后，心中仍对修史之事念念不忘，绝非全然源自父亲的临终托付。究其根本，还是事情本身在起作用。这里所说的并不是事业的魅力或者干事创业的热情等豪迈怡情之事。于他而言，修史虽是使命，但也远远未到非他不可的程度。司马迁为人十分自负，这场变故让他深切领悟到自身之渺小。曾经，他那么师心自用地对理想抱负高谈阔论，但最终，还不是沦落得跟道路旁牛蹄下被踩得粉碎的蝼蚁一般。不过，虽然自我已惨遭无情践踏，但他却从未对修史大业之意义心生一丝一毫的怀疑。如今，他沦落至此，曾经的自信自恃全都消散如烟，但他仍旧决定苟活于世，将这一事业继续下去。这般景象，不管怎样，都难以算作怡情之事。在他看来，这是一种近乎宿命的因缘，就像明明已对某人厌恶至极，但却因缘际会不得不与之纠缠，至死方休。为了这项事业，他绝对不可以自我了断（这是因为他早已和这份事业纠葛在一起，无法扯断，并不是源自什么义务或者责任感），这是他唯一想明白的。

而今，一种清醒的、人类独有的苦楚，取代了当初那种野兽般盲目的痛苦。最让他无奈的是，在他明确自己不能自我了断以后，逐渐清楚地意识到，除了自杀，再也没有其他能够逃离痛苦和耻辱的方式了。天汉三年春天，身为堂堂男子汉的太史令司马迁已经死去了；在此之后，续写史书的，仅仅是一个没有知觉意识的书写机器。他再没有其他办法，只能这样自我麻痹。即使再牵强，他也要说服自己这样去想。修史大业不能中断，这是司马迁不可动摇的底线。为了继续修史大业，就算再无法忍受，也要生存下去；为了继续生存下去，就必须相信自身的肉体早已死去。

五个月之后，司马迁再次动笔。他无喜无悲，只是在完成修史大业这一意志的鞭笞下，一字一句地写着。这就像是一个腿脚负伤的旅人，拖着病腿朝目标不断靠近。他早已被免除了太史令的官职。武帝略微有些后悔，没过多久，就提拔他做了中书令。不过，对他来说，升官也好，贬官也罢，早已没了意义。那个喜欢高谈阔论的司马迁死了，而今活着的只是个沉默不言、不悲不喜的修史机器。只是，这种处事姿态绝对不是萎靡颓丧，旁人甚至会从他沉默不言的模样里体会到一种恶灵附体般的骇人之感。他废寝忘食地写着，以至于身边亲人觉得他是想赶紧完成大业，以便早日获取自我了断的自由。

这种悲壮的奋斗大约持续了一年，他终于意识到，虽然失去了生之欢愉，但表达之欢愉却残存着。不过，彼时，他还是没有办法打破自己那彻彻底底的沉默，模样中恶灵附体般的骇人之气也没有一点缓和。在不断的书写中，每逢不得不写下"宦者""阉奴"之类的字样，他总会不由自主地沉吟。独处一室或者卧榻之夜，每每想起那屈辱的一幕，一股灼热的疼痛感就会顿时袭遍全身，就像是被烙铁烫烧了一样。每当此景，他便会猛然起身，嘴里不断怪叫呻吟，绕着屋子不停走动，随后又咬紧牙关，拼尽全力让自己恢复平静。

三

话说，李陵在一片混乱之中被打晕，再醒来时，已是在点着兽油灯、烧着兽粪的单于大帐。他当即下定决心：要么自刎一死，以免受辱；要么假装归顺再伺机逃走，当然得带上一份足以抵消兵败之责的厚礼。除此之外，再无其他出路。最终，李陵选择了后者。

单于亲自替他松绑，又对他倍加礼遇。而今掌权的且鞮侯单于是上代呴犁湖单于的弟弟，他身材魁梧，巨眼赭髯，正值壮年。他十分坦诚地对李陵说，自己曾跟着几代单于和汉军交战，但是从来没有碰到过像李陵这样棘手的强敌。他还提到李陵祖父李广，并借此对李陵的骁勇善战大加甚赞。时至今日，飞将军李广射石杀虎的威名，仍在胡地流传甚广。李陵受到这般礼遇，一方面是因为他自身本事颇高，另一方面也因为他是李广之孙。匈奴原本就对力量崇拜至极，就连分配食粮，都是让身体强壮的先行选择，只把残余部分留给老弱，因此，在这个地方，强者是绝无可能遭受羞辱的。所以，降将李陵受到贵宾般的礼遇，领受了一顶穹庐以及几十名侍从。

自此之后，李陵所过生活可以用奇异来形容。他居住在毳幕幪[①]里，吃的是膻肉，喝的是酪浆、兽奶和酸奶酒，穿的是由狼皮、羊皮、熊皮缝制而成的毡裘。他放牧、狩猎、劫掠，这便是他的全部生活。一眼望去广袤无边的高原，其实也有由河流、湖泊及山脉划分而成的疆界，有单于的直属领地，还有左贤王、右贤王、左谷

───────────

① 毳幕（cuì mù）：游牧民族居住的毡帐。

蠡王、右谷蠡王及其下各路王侯的领地。牧民只能在各自的疆域内进行迁徙。这个国度，既没有城郭，也没有田地，仅有的村落，也是根据季节变化，逐水草迁徙。

李陵并没有受赐土地，他和单于麾下的诸位将士一起，追随单于左右。他始终都在等待机会，割取单于首级，只是这种机会，实在难得。就算果真割下单于首级，若无绝佳机会，也几乎没有带着单于首级出逃的可能。如果单于真的被刺身亡，匈奴定会将其视作奇耻大辱而极力隐瞒，只怕消息也很难传回汉塞。李陵只能含垢忍辱，等待着那几乎不可能到来的机会。

除去李陵，单于帐下还有几位汉朝降将。其中有一个名叫卫律的，尽管并非出身军旅，却最受单于器重，被封为丁灵王。卫律的父亲是匈奴人，不过，他因为一些原因，出生在汉都长安。他曾为武帝效命，前几年协律都尉李延年家族事发时，因为害怕受到牵连，才逃出汉都逃奔匈奴。大概是因为血脉相连吧，他以极快的速度适应了胡地生活，并且表现出出众的才能，因此常常出现在且鞮侯单于帐前，参与一应运筹帷幄之事。不管是卫律还是其他汉朝降将，李陵几乎从不与之交流。在李陵看来，这些人里面，根本就没有可堪与他共同完成大计的。更何况，这些汉朝降将之间原本就有一种讳莫如深的尴尬芥蒂，彼此之间并无亲密往来。

有一回，单于叫来李陵，向他讨教用兵方略。那是一场匈奴和东胡之战，李陵非常痛快地直抒己见。而后，单于又一次向李陵讨教，只不过这一次，作战对象是汉军。李陵满脸不快，毫无遮掩，只沉默以对。单于也没有强求。过了很久，单于令李陵带领一队人马，去往南边的代郡、上郡劫掠。又一次被李陵毅然决然地拒绝了，他说自己绝不参与对大汉作战。从此以后，单于再也没有向他提过类似要求，对他的礼遇却一如既往，丝毫未变。单于仿佛并不是要利用他，只是单纯地爱才若渴。李陵不禁想，这单于倒是个英雄。

　　不知出于何种缘故，单于长子左贤王频频向李陵示好。实际上，更确切的说法，应该是表示敬重。左贤王是一位刚过二十岁的年轻人，尽管有些粗野，但却十分勇敢、务实。对于强者，他有着十分纯粹又强烈的崇拜。他最开始来找李陵，只是为了请教骑射之术。说是请教骑射，其实他原本就很擅长骑术，甚至比李陵还要精湛，所以李陵教授的主要是箭术。就这样，年轻的左贤王成了李陵的一名热诚弟子。每每谈及李陵祖父李广那非凡的箭术，这位异族青年就会两眼放光，听得兴致勃勃。师徒二人经常结伴狩猎，每次所带随从都极少。他们在旷野上纵横驰骋，纵情射猎狐狸、豺狼、羚羊、雕和野鸡等猎物。

　　有一次，已近日暮，两个人箭矢射尽，远远甩开侍从，却遭到了狼群的包围。二人只得扬鞭策马，急速奔逃，不料，一头狼一跃而起，扑向李陵马尾。紧随其后的左贤王立刻挥动手中弯刀，干净利落地将那头狼斩于马下。事后再看，二人的坐骑全被狼群撕咬得皮开肉绽，鲜血直流。那天晚上，二人坐在夜幕下，把白天捕获的猎物煮成肉汤，呼呼吹着热气，小口啜饮着。此时，李陵望着那位被篝火照亮的年轻异族王子的面庞，内心油然生出一股友情。

　　天汉三年秋天，匈奴再度进犯雁门关。汉朝为了还以颜色，于第二年，派遣贰师将军李广利率领六万骑兵、七万步兵，从朔方出发并派强弩都尉路博德率领一万步卒随后接应；派遣因杅将军公孙敖率领一万骑兵、三万步兵从雁门出发；派遣游击将军韩说率领三万步兵从五原出发，兵分三路，向北挺进，讨伐匈奴。这样大规模的北伐，是最近几年从未有过的。单于得到消息，立刻将族内妇女老少、牲畜财产全部转移到余吾水（克鲁伦河）以北区域，亲自率领十万精骑在南岸大草原正面迎击李广利、路博德大军。经过十几天的鏖战，汉军还是不得不退了兵。师从李陵的年轻左贤王，另外率领一队兵马，向东迎战因杅将军，大胜而归。汉军左翼韩说所部还未进军，便只能退兵。于是，此次北伐全线失败。按照不与汉军对战的惯例，李陵退到了余吾水北岸。在他意识到自己竟然心系左贤王战绩的时候，心下大为愕然。从总体上来说，李陵当然是希望汉军胜匈奴败的，但他好像又希望唯独左贤王不要吃败仗。李陵觉察到自己的这一想法之后，内心十分自责。

公孙敖被左贤王打败还师朝廷，因为损兵众多且未立寸功而被打入大牢。不过，他为自己辩解的理由却非常蹊跷。他说，匈奴俘虏曾经交代，匈奴军队之所以如此强盛，完全是因为有一个姓李的汉军降将，常常帮助匈奴操练兵马，并且传授兵法，以防备汉军。这种话当然不会被当作兵败的理由，因杅将军仍旧受到了惩罚。不过，武帝听说之后，满腔怒火自然落到了李陵头上。得赦还家的李陵一族再次被捕入狱，李陵老母、妻子、儿女、兄弟，悉数被杀。根据记载，当时陇西（李陵祖籍陇西）的士大夫，都以出身李氏为耻。这便是人间冷暖，世态炎凉。

半年后，李陵从一位由边境绑架而来的汉卒嘴里听说了这个消息。当时，李陵猛地站起来，抓着那人胸口，剧烈晃动，质问此事真假。当他确认此事属实之后，不由得咬牙切齿，两手不知不觉间增大了力道。只见那人不断挣扎着，喉咙中发出痛苦的呻吟。原来，李陵已然不自觉地紧紧扼住了那人咽喉。李陵一松手，那人便立即颓然瘫倒。李陵转身冲出大帐，看都没看那人一眼。

李陵没头没脑地在郊野乱走，心中的激愤如同狂风暴雨般强烈。一想起年迈的母亲和幼小的儿子，他便肝肠寸断，不过，却连一滴泪都流不出来，想来，是极端的愤怒已然将泪水灼干。

李家遭受的苦难又何止这一次？朝廷对待我李氏一门向来如此！他不由得想起祖父李广之死（在李陵出生的几个月之前，他的父亲就去世了，所以，李陵是个遗腹子。是他那声名在外的祖父从小教导他、培养他）。名将李广在数次北伐中都立有战功，但却因为皇帝身边的佞臣作梗，没有受到一点封赏。他手下的将士们纷纷封侯晋爵，唯独这位清廉的老将军自始至终承受着清贫的苦楚，未曾封侯。后来，他还和大将军卫青起了冲突。其实，卫青本人还是对这位老将军怀有怜悯之心的，可是他手下的一名军吏竟然狗仗人势，对李广大加羞辱。这位垂垂老矣的一代名将，内心激愤不已，竟当众引颈自刎，命丧当场。时至今日，李陵仍旧清楚地记得，年少的自己听说祖父死讯之后，是怎样失声痛哭的。

李陵的叔父（李广次子）李敢又是怎样的下场呢？他因父亲惨死对卫青心生怨恨，只身前往大将军府将他羞辱一番。大将军的外甥、骠骑将军霍去病对此愤愤不平，竟然借着甘泉宫狩猎的机会，将李敢射杀而死。武帝明知真相，但却为了包庇骠骑将军霍去病，对外宣称李敢是不幸被鹿触撞而亡。

和司马迁比起来，李陵的想法非常简单。愤怒（除了有些后悔没有早些不计后果地实施割下单于首级逃出匈奴的计划外），是他唯一的感触。关键在于，这满腔怒火该如何发泄。他将刚才那名汉卒所说的"陛下听说胡地有一个李将军，帮助匈奴练兵，让他们防备汉军"之类的话想了一遍，总算理出了头绪。这个帮助匈奴练兵的李将军当然不是自己，而是另一位汉军降将李绪。这个人原是汉朝的塞外都尉，负责镇守奚侯城，自从投降之后，就经常练兵，并传授兵法。就在半年之前，他还跟随单于对抗汉军（只是对手并非引起此事的公孙敖所部）。李陵心里认定就是这个人，想必武帝是将这位李绪李将军错当成自己。

是夜，李陵只身闯入李绪营帐，不仅自己一言未发，也没有给对方说一句话的机会，便一剑结束了他的性命。

第二天一早，李陵向单于坦白了一切。单于安慰他不用担心，只是母亲大阏氏那里稍微有点棘手——原来，尽管单于之母年事已高，但却和李绪不清不楚。这件事，单于是知情的。按照匈奴习俗，父亲去世，长子就该悉数将亡父妻妾收继为自己的妻妾，当然，亲生母亲不包括在内。就算是在匈奴这个极端男尊女卑的社会里，也还保持着对生母的敬重。因此，单于让李陵暂时去北边避一避，还说等风头一过，就接他回来。于是，李陵就按照单于的吩咐，带着随从去了西北方向的兜衔山（额林达班岭）暂避。

不久，这个问题的关键所在大阏氏就病死了。李陵被单于召回王庭，但他已与之前判若两人。此前始终拒绝和汉军对阵的他，竟然自告奋勇地要参与军务。单于喜出望外，当即封李陵为右校王，并且将自己的女儿许配给他。其实，很早之前，单于就想将女儿许配给李陵，只是被他拒绝了。不过，这一次，李陵没有丝毫犹豫，就答应了。

当时，恰好有一队人马要南下酒泉、张掖一带劫掠，李陵主动请缨，随军前往。这队人马向西南方向行进，途经浚稽山麓，李陵的心情很快就蒙上了一层阴云。踏足这片土地，他不由得想起追随自己而战死此地的战友，脚下这片黄沙，浸透着战友的鲜血，埋葬着战友的尸骨。忆往昔，看今朝，他再也没有继续南下对战汉军的勇气了。于是，他便称病而去，调转马头回北方去了。

第二年，也就是太始元年，且鞮侯单于薨逝，曾和李陵交好的左贤王即位为单于，史称狐鹿姑单于。

李陵如今已是匈奴右校王，但他仍旧心事重重，难以决断。虽然老母妻儿惨遭杀害的恨意铭心刻骨，但先前之事已然说明，他还是没有办法亲自率领士兵和汉军对战。虽然他和新任单于交情匪浅，虽然他发誓再不踏足汉地，但他仍不确定自己能不能入乡随俗在胡地过完一生，终老于此。

他对思考心生厌倦，每逢心中烦闷，他就会只身骑马，在旷野飞驰。秋高气爽，碧空如洗，李陵发疯似的在草原和丘陵之间纵马飞奔。骑在马上飞奔数十里，直到人也倦了，马也乏了，就在高原上寻一条小河，饮马河边。他则仰面躺在草地上，带着疲惫的快意，望着纯洁、广阔又高远的蓝色天空。偶尔，他也会想：唔，我不过是沧海一粟罢了，何必非得纠结是胡是汉。休息片刻之后，他就会再度跨上马背，发狂奔驰。他每日纵情驰骋，直到落日余晖染红千里黄云，才拖着疲惫的身躯返回营帐。疲劳，只有疲劳才是他唯一的救赎。

李陵得知司马迁因为替自己辩护而获罪的消息。不过，他的心中既没有感激，也没有惋惜。尽管他和司马迁认识，见面时也互有寒暄，但交情算不上好。而且，在李陵看来，不停争论的司马迁多多少少有些让人讨厌。更何况，李陵目前的所有关注点都在于如何缓解内心的苦闷，根本没有空闲顾及别人的不幸。虽然他并不认为司马迁这是多管闲事，但也的确没有什么愧疚之感。

刚开始，李陵只觉得匈奴风俗野蛮可笑，但结合当地水土和气候情况来看，渐渐地就觉得并无野蛮可笑等不合理之处，慢慢也就接受了。如果不将厚重的皮革胡服穿在身上，就没有办法熬过朔北严寒的冬季；如果不将肉类吃进嘴里，就不能储备足够体力抵御冬日的寒冷；不建造房屋固定居住地，是其生活形态的必然结果，本就不该不分青红皂白地贬之为低等原始。如果一定要彻底坚守践行汉人习俗，只怕在这胡地自然环境中，连一天都活不下去。

李陵始终记得上任且鞮侯单于说过的一些话。他说，汉人张口闭口就是什么"吾乃礼仪之邦"，将匈奴的言行举止视为洪水猛兽，并借此非难匈奴。但汉人口中的"礼"到底为何物呢？不过是用浮华之外表将丑陋掩盖，不就是在给这种掩盖找借口吗？胡人和汉人相比，到底谁更自私自利、嫉贤妒能？到底谁更贪财好色，无耻无皮？假若将粉饰于外的表皮尽数剥去，只怕二者无甚差别。"只是汉人知道如何掩饰，而我们对此一窍不通罢了。"说到这里，他还列举了汉朝建立至今，骨肉相残的内乱，以及对功臣良将的排挤陷害等诸多事实。对此，李陵哑口无言。

其实，时至今日，军旅出身的李陵都觉得那些礼仪过于烦琐，而且一再怀疑那只不过是为了礼而礼。他甚至觉得，大多情况下，比起汉人掩盖在美名背后的阴险，胡人的粗野正直要好得多！李陵也逐渐认识到，那种不问情由地奉华夏之风为正统，贬胡地之俗为野蛮的做法，完全是汉人的偏见。譬如，过去他始终觉得，人在名之外，理当有字，但细细想来，字根本没有必须存在的必要。

李陵的妻子非常温顺质朴。时至今日，她在丈夫跟前都怯生生的，不敢多说一句话。不过，他们的儿子却对父亲一点都不怕，时常攀着李陵的膝盖，爬上他的膝头。李陵看着孩子的笑脸出了神，猛地想起几年前留在长安的那个和祖母、母亲一起被处决的孩子，便不由得黯然神伤起来。

就在李陵投降的前一年，汉朝中郎将苏武也被扣留在了匈奴之地。

苏武原本是作为使节来和匈奴交换俘虏的，但是，使团中的一位副使，无意中卷入匈奴内斗，致使整个使团都被扣留了下来。单于并不打算诛杀这群使臣，而是以死相逼，让他们投降。最终，只有苏武，非但不降，还将剑刺进自己胸口。根据《汉书》的记载，前来为苏武治伤的匈奴大夫采用了非常诡异的治疗手段：在地上挖了一个坑，在坑里点上微火，将苏武脸朝下放进坑中，轻轻敲打他的背部，让淤血流出来。经过这样一番治疗，不幸的苏武非常幸运地在昏死半日之后醒了过来。且鞮侯单于彻底被苏武的气节打动。几十天后，苏武总算恢复了健康，于是单于便派近臣卫律前去探望，并极力劝降。谁承想，苏武将卫律骂了个狗血喷头，卫律羞愧难当，只能灰溜溜地离开了。后来，苏武被圈禁在地窖里面，靠着啮雪吞毡充饥，又被发配到北海（贝加尔湖）的不毛之地放牧，说是如果公羊不产奶，就绝不放他归汉。种种事迹和他持节十九年的名声，全都广为流传，因此不再赘言。总而言之，在李陵无奈地决定在胡地度过漫漫余生时，苏武已经只身一人在北海边放了好长时间的羊了。苏武和李陵是二十年的至交好友。过去，他们两个还曾同时在朝中担任侍中的职位。在李陵看来，苏武尽管顽固不化、不合时宜，但也的确是一位世所罕见的铮铮铁骨之士。天汉元年，苏武出使匈奴没多久，他的老母亲就病故了，李陵曾一路送葬到阳陵。北伐前夕，李陵听说了苏武之妻因为丈夫归汉无望而改嫁的消息。那个时候，他只觉得其妻薄情，深为老友感到愤慨。

李陵从未想过，有朝一日，自己竟然做了匈奴降将。从那以后，他便绝了和苏武相见的念头。听说苏武被流放到北边不毛之地，二人因此无法相见之事，李陵如释重负。尤其在他得知全族被诛的消息，彻底绝了归汉之心后，便更不想和这位"持汉节的牧羊之士"相见了。

在狐鹿姑单于继位数年之后，一度有苏武生死未卜的谣言传出。狐鹿姑单于这才想起这位连自己父亲都没能降服的坚贞汉使，又因为听说李陵和苏武曾为好友，因此便派李陵前去查明苏武安危，并说如若苏武尚在，一定要力劝他归服匈奴。李陵无可奈何，只好动身向北而去。

李陵沿姑且水北上，来到姑且水和郅居水的交汇处，随即折向西北，穿越丛林。河岸上残雪未消，沿着河岸走了几天，终于看到了森林、原野那边的北海碧波。在当地一名丁灵族人的引导下，李陵等人来到一座极其简陋的小木屋前。许久没有听到人声的木屋主人心下大惊，跑出木屋时，手里竟然举着弓箭。那人全身裹着兽皮，脸上胡须乱蓬蓬的，看上去就像是个黑熊一样的野人，李陵看着他的脸，认出此人便是移中厩监苏子卿。不过，对方过了许久，才认出眼前这位胡服大官，是从前的骑都尉李少卿。毕竟，苏武从未听说李陵已然投效匈奴之事。

一瞬间，久别重逢的感动压过了不肯和苏武相见的隐情。二人激动不已，良久无言。

随李陵一同来的侍从在木屋周围搭起了几座营帐，这片无人之境突然热闹起来。他们将事先备好的酒食搬进苏武的小屋，夜幕下满是久违的欢笑，就连林中的鸟兽都被惊动了。几天皆是这样。

尽管谈起身着胡服的原因，对李陵来说是一件非常残忍的事，但他还是一一坦白，不为自己辩解一句。苏武也讲了自己这几年的生活，他说时口吻极其轻松平常，但说出的内容却惨淡非常。数年之前，匈奴的于轩王曾在狩猎时偶然路过这里，他很同情苏武，所以一连为苏武提供了三年的衣食。不过，在他辞世之后，苏武就到了只能在冰冻的大地上挖野鼠充饥的悲惨境地。至于他生死不明的传闻，大抵是因为强盗将他的羊群抢走之后的讹传吧。李陵将苏武母亲去世的不幸消息转告于他，但无论如何张不开嘴说他妻子改嫁之事。

眼前的人靠什么活着？李陵十分纳闷。难不成时至今日，他仍旧抱着能重返汉地的希望？可是从苏武的言语中，好像根本听不出这层意思。那么，到底是什么支撑着他，每天忍受这般痛苦煎熬？只要他肯臣服单于，哪怕只表现出一点臣服的意思，那就必然受到单于的重用。只是，李陵很清楚，苏武绝不会做那种事。既然如此，那他为什么不早早了断自己呢？李陵十分诧异。李陵知道，自己不能亲手了断自己南归无望的生命，完全是因为已在不知不觉中，在这里扎根生长，产生诸多爱恨情仇。更何况，就算现在自我了断，也已算不上是在为大汉尽忠了。但苏武不同，他在这里无牵无挂。在李陵看来，仅从对大汉尽忠的角度来说，守着旌节在这不毛之地挨饿受冻，和将其烧毁再引颈自刎，二者好像无甚差别。当初那个刚刚被困就能毅然用剑刺向自己胸口的苏武，是绝无可能在近时生出贪生怕死之心的！

李陵不禁想起苏武年轻时是多么固执——那是一种近乎滑稽偏激的倔强。难道说，在苏武心中，处于极端困苦环境中的自己若是禁不住单于荣华富贵之诱饵的诱惑是一种失败，耐不住困苦而选择自我了断也是在向单于（抑或是以单于为象征的命运）低头？李陵丝毫不觉得苏武这种直面命运并与之相抗的样子可笑。如果这种对常人难以想象的困苦、潦倒、严寒、孤独（至死方休的孤独）一笑置之的行为看是气节的话，那么苏武的气节是多么凄凉、悲壮又伟大呀！李陵惊叹于，苏武过去那种略显幼稚的倔强，而今已然升华得这般坚贞壮大。而且，他做这一切，甚至不是寄希望于汉朝能够知晓。甚至，他都不曾指望有人能去向单于述说自己在这片不毛之地的坚决抗争。更不用说，幻想自己能够重归大汉了。他认为自己将悄无声息地、孤独地死去，他认为这是毋庸置疑的，而在生命的最后时刻，回顾此生，他必然能笑对命运，从容瞑目。就算无人知道他的事迹又何妨？

李陵呢？他曾计划割下单于首级，但又担心首级割下后无法全身而退，又担心自己这般壮举不为汉朝所知。他患得患失，最终未能成事。面对着一点都不关心有没有人知道自身事迹的苏武，李陵无比汗颜。

两三天之后，最初的激动归于平淡，李陵发现自己始终耿耿于怀，却根本无力控制。那是一种不论谈到什么，都要把自己的过去和苏武进行一番对比的纠结。虽然李陵心里不至于在判定苏武是义士的同时将自己评定为叛贼。但是，他认为，和苏武年复一年面对着沉默的森林、原野、湖水锤炼出来的威严肃穆相比，自己唯一可用来进行自我辩解的理由，即自己心中至今仍在不断积累的困苦，根本不足挂齿。更何况，随着时间的推移，他越发觉得，苏武对待自己，似有一种富人面对穷人的姿态。那是一种明知自己处于优越地位，所以特意表现宽大为怀的姿态。其实，李陵也不是十分确定，但这种感觉时而便会冒出头来。苏武衣衫褴褛，但眼中时而便会流露出怜悯之色，这让身穿奢华貂裘的右校王李陵不胜惶恐。

李陵在此停留了整整十天，随后便和老友告别，悄然南归。临行时，他留了充足的粮食衣物在这个小木屋里。

李陵到底还是没有将受单于之托前来劝降的事说出口。因为，苏武会有什么样的答复，不言自明。此情此景，李陵觉得，那样的游说，简直就是对苏武和自己的侮辱。

李陵南归之后，脑海中挥之不去，全都是苏武的身影。甚至，离别之后再回想时，苏武的身姿倒比之前更加庄严地耸立在了他的面前。

其实，对于投降匈奴之事，李陵自己也不十分认可。不过，他始终认为，考虑到自己为故国所做种种牺牲以及故国对自己的报偿，就算是最无情的批判者，也能体谅自己的无奈。可是，而今却出现了这样一个人，不管面对的是怎样无可奈何的情况，都决不允许自己有一点妥协之想。

饥寒困苦，孤独凄惨，甚至祖国的冷淡，甚至自己苦苦守节却最终不会有任何人知晓，于他而言，都不能成为让他变节的"无可奈何"。

对李陵来说，苏武的存在，一方面是崇高的训诫，另一方面是让人不安的噩梦。他隔三岔五地派人去问候苏武，并给他送去吃食、牛羊、绒毡。不过，他的心却一直在去和苏武相见以及害怕见到苏武之间犹豫踟蹰。

几年之后，李陵又一次来到那座位于北海边的小木屋。走到半路，碰上了一队戍守云中之北区域的士卒。李陵从他们口中得知，近来汉朝边境，自太守到吏民全都身着白衣。这般全民皆着丧服的情况，只能是在为天子服丧。李陵于是断定，武帝驾崩了。

　　李陵到达北海之后，将此事告知苏武。苏武朝南方号哭数天，最后竟然吐了血。李陵见苏武悲痛至此，心情也渐渐阴郁低沉。这并不是在怀疑苏武恸哭的真诚，而是在苏武这般悲痛之情的影响下，心有所动。不过，而今，他却挤不出一滴眼泪。尽管苏武没有悲惨到像李陵这样满门被斩的地步，可是他那曾在天子仪仗队任职的兄长，因为天子出行时的一点差错，竟然惨遭问罪，被逼自尽。他的弟弟也因为没能顺利抓捕凶犯归案，落得了同样的结局。不管从哪个角度来看，苏家受到的朝廷待遇，都算不得丰厚。正是因为李陵对这一切都心知肚明，所以他眼见着苏武诚挚纯粹的恸哭模样，便猛然意识到：原先只道苏武偏执倔强，实际上，他那倔强的底色里，还蕴藏着对大汉国土无可比拟的纯粹之爱（这种爱并非源自道义、贞节等外在因素，而是发自内心的，不可抑制的，时时都有可能喷涌而出的原始自然之爱）。

　　这便是李陵和自己挚友苏武间最为本质的差别。尽管李陵不想承认，但他还是对自己的处世之道产生了阴晦的怀疑。

　　李陵和苏武告别，南归王庭时，汉朝使者恰好赶到。他们所来目的，一是通报武帝驾崩、昭帝即位的消息，二是和匈奴缔结友好关系，虽然这种友好关系往往短暂到连一年都维持不了。出人意料的是，前来的三位使者中，竟有一位陇西人任立政是李陵故人。

　　这一年二月，武帝驾崩，年仅八岁的太子刘弗陵即皇帝位，谨遵武帝遗诏，拜侍中奉车都尉霍光为大司马大将军，辅佐朝政。霍光原本就和李陵交好，加之这次官拜左将军的上官桀也是李陵故人，他们两个商量着把李陵召回汉廷，于是才特意选择李陵的往日好友作为使者。

在接见使者完成公务之后，单于便大摆酒席。往常这种接待应酬，都是卫律出面，不过这一次来使都是李陵旧友，所以单于便把他也叫了来。任立政在宴席上见到李陵，碍于周围全是匈奴高官，没有办法直接向李陵说明归汉之事，只能隔着酒席给他递眼色，接连轻抚自己的刀环①。李陵看到任立政的动作，也领会了对方的用意，但却没有做任何回应。

外交宴席结束之后，李陵、卫律等人留下，和汉朝使者以博为戏，把酒豪饮。任立政趁机对李陵说，而今朝廷大赦天下，百姓们都安享太平。而且，新帝年幼，朝政大事都离不开往日和你交好的霍子孟、上官少叔的辅佐。原来，任立政觉察出，卫律早已彻底归化匈奴，当然这也和事实相符，所以不好当着他的面劝说李陵归汉，只能抬出霍光和上官桀的名号，希望能够打动李陵。李陵只是默然着，并不回答。他和任立政对视良久，然后摸了摸自己的头发。李陵头上的发髻，早已不是中原样式。没一会儿，卫律离席更衣。任立政赶忙亲切地称呼李陵的字，说："少卿，这些年来，苦了你了。霍子孟、上官少叔都让我向你问好。"

李陵也寒暄着问他们两个是否安好，只是措辞生疏，语气冷淡。

任立政并不理会，而是再次劝说道："少卿，回故乡吧。富贵之事，一点都不用担心。"随即又说："不用多说什么了，回故乡吧！"

李陵刚从苏武那里回来，面对友人的诚恳相劝，岂有不心动的道理？只是，他心里十分明白，有些事到底还是无可奈何，便道："回去容易，只是担心又是自取其辱啊，况且……"话没说完，卫律

---

① 环是还的谐音，以此暗示李陵归汉。

回席，两个人只得闭口。

宴席散去之时，任立政假装若无其事地来到李陵身边，再次低声问他有没有归汉的意思。李陵摇了摇头，说道："丈夫万不可两番受辱。"他的语气十分虚弱，但并不是害怕被卫律听了去。

五年之后，汉昭帝始元六年的夏天，原本认为自己将悄无声息地死在北边不毛之地的苏武，竟在机缘巧合之下得以回归汉朝。大汉天子在上林苑狩猎时射到了一只脚上系着帛书的大雁之事，尽管此后被传为佳话，但很显然是为了戳破单于宣称的苏武已死的谎言。实际情况是，十九年前跟随苏武一同出使匈奴的常惠和汉使见了面，告知了苏武尚在人世之事，并教给他们这一套能救苏武的话。没多久，单于使者便奔赴北海，把苏武带回了王庭。

这事让李陵大受震动。苏武的伟大，不会因为他是否归汉而改变，所以，不管怎么说，在李陵心里，苏武便成了永远的训诫和鞭笞。不过，这件事让李陵明白了，苍天真的有眼。李陵原本觉得苍天无眼，什么都看不到，但这件事足以说明，苍天有眼。李陵不由得肃然起敬，生出了敬畏之心。就算时至今日，李陵也不觉得自己过去的种种行为有不妥之处。只是，眼前光明磊落、坚韧无畏的苏武，他用自己的实际行动，让李陵对自己本无谬误的过去汗颜。更何况，苏武的事迹终于天下流传，这也让李陵大受触动。李陵诚惶诚恐，他很清楚，自己这般忐忑不安、心如刀割的懦夫一样的情绪，难道不就是羡慕吗？

临别之时，李陵设宴为老友饯行。千言万语涌上心头，可不管说什么，最后的落脚点也不过是当初降胡时本也胸怀大志，只是尚未实现，故国家人就被屠戮殆尽，所以自己已然无可归之处。能说的，只有这些；可一说出口，也就和发牢骚无异了。因此，他一句话也没有说。只在欢宴纵情之时，起身歌舞一首：

径万里兮度沙幕，

为君将兮奋匈奴。

路穷绝兮矢刃摧，

士众灭兮名已隤。

老母已死，虽欲报恩将安归。

唱到一半，李陵不觉泪如泉涌。他痛斥自己这般小儿女姿态，却也无可奈何。

十九年后，苏武归汉。

获刑之后，司马迁始终笔耕不辍。

他的俗世生命早已了结，只是作为书中人物活着。他那张未在俗世生活张开的嘴，却借着鲁仲连的口舌，将心中愤怒喷薄而出。有的时候，他是伍子胥，让人剜去自己的双眼；有的时候，他是蔺相如，义正词严地怒斥秦王；有的时候，他是燕太子丹，流着泪送别荆轲。在叙述楚国屈原的忧愤之情时，司马迁不惜笔墨，引用了屈原自投汨罗江前所作之赋《怀沙》。司马迁甚至觉得，这篇赋是自己所作。

着笔十四年，遭受腐刑八年，京城巫蛊之祸大兴，最终发展成"戾太子"悲剧的时候，这部子承父业的皇皇巨著，终于按照最初的构思，以通史体例完成初稿。此后，历经数年的增补、删改、推敲，一百三十卷、五十二万六千五百字的《史记》书稿终于完成。这个时候，距离武帝驾崩之期，已然很近了。

写完列传第七十篇《太史公自序》的最后一个字，司马迁凭几而坐，怅然若失。他长叹一声，双眼对着庭前枝叶繁茂的槐树注视许久，实则眼中什么都没看到，耳朵什么都没听到。尽管这般混沌，他还是尝试着去倾听从庭院里的某个地方传来的蝉鸣。他本该十分欢喜，但最先感受到的却是虚脱般的茫然、孤寂和忧愁。

他强打精神，将已然完稿的著作呈献官府，在父亲墓前禀告完毕。随即，顿时陷入了一种虚脱状态。那感觉就如同刚刚作法完毕、神灵离体后的巫师，身心俱疲，萎靡不振。一时间，刚刚过了花甲之年的他，就像是又老了十岁。不管是过去还是以后，太史令司马迁都是一具空壳；对于这具躯壳来说，武帝驾崩、昭帝即位，都全无意义。

上文提到的任立政等去往胡地寻访李陵的使者回到京城之时，司马迁早已溘然长逝。

至于李陵，在和苏武作别饯行之后，史书中除了一条他于元平元年死于胡地的记载之外，再没有任何关于他的确凿记载。

和李陵交好的狐鹿姑单于早早崩逝，其子壶衍鞮单于执掌匈奴大权。不过，这次权力传承引发了左贤王、右谷蠡王内乱，他们和阏氏、卫律公然抗衡。不难想象，就算李陵无意，也必然被卷入这场纷争。

根据《汉书·匈奴传》的记载，此后，李陵在胡地所生之子想要拥立乌藉都尉为单于和呼韩邪单于抗衡，但最终以失败告终。这是宣帝五凤二年发生的事，这一年，李陵已然过世十八年。史书中寥寥写了一笔"李陵子"，并未记载他的名字。

一九四三年七月

妖氛录 ①

　　这个女人寡言少语、十分内敛。她毋庸置疑是个美人，可是那如同木偶一般玲珑美好的身躯里，时而便会显露出些许呆滞。她总是瞠目结舌地面对身边诸多事端，永远都是一副不知道自己才是引发诸事根源的样子。或许她早已知晓，却故作一无所知之态。就算她觉察到了种种事端，但也没人知道她究竟是引以为豪，还是茫然无措，抑或是对那些愚蠢的男人无情嘲讽。只是，她从未将这种傲气显露在脸上。

　　她的面庞淡雅恬静，就像是能工雕琢而成一般，时而还会不经意地如火焰般妖冶而变。就像是雪白冰冷的石凳，倏而点亮烛火，渐渐将她的耳朵染得如同美玉般绯红通透，她乌黑的双眸顾盼流转，闪烁着妖冶温润的光芒。只有当心火被点亮的时候，这个女人才会这般非同寻常。相传，那些为数不多的有幸窥见这般芳容的男人，全都在极端的愚痴中迷失了自我，无一例外。

　　陈国大夫御叔的妻子夏姬，是郑穆公的女儿。她的父亲在周定王元年薨逝，她的兄长子蛮继位为君，第二年便死于非命。彼时，陈灵公和夏姬开始有染，由此算来，已然时日不短。二人的关系如此发展，并不是因为荒淫的陈灵公以强权逼迫。于夏姬而言，

---

　　① 本文取材自《左传》。妖氛也写作"妖雰"，意思是不祥的云气，多用来比喻凶灾、祸乱。

凡此种种，皆如水往低处流一般自然。她既不觉得兴奋，也不觉得后悔，所有一切，不过是水到渠成而已。丈夫御叔是个彻头彻尾的懦弱的老实人，尽管他依稀有些察觉，但却无能为力。夏姬丝毫不觉得对夫君有愧，但也从不轻视他。她只是更加温柔地对待自己的夫君。

某日上朝的时候，灵公为了戏弄上卿孔宁和仪行父，就向他们两个展示了自己的袙服①——一件妖媚的亵衣②。二人不禁惊恐万分。实际上，那个时候，孔宁和仪行父二人也贴身穿着夏姬的亵衣。他们两个对此当然是心照不宣，但灵公是否知情呢？既然灵公向他们两个展示夏姬的亵衣，是不是意味着灵公早已知晓此事？面对君主的戏弄，到底能不能以阿谀媚笑回应呢？两个人惶恐不安地窥视着灵公的神色。一张没有任何深意，满是淫笑和沾沾自喜的笑脸映入二人眼帘。直到此时，二人才松了口气。几天之后，二人更愈发无所顾忌，甚至将贴身穿着的妖媚亵衣展示给灵公看。

大夫泄冶，为人刚正，向灵公劝谏说："公卿宣淫，民无效焉。且闻不令，君其纳之。"他的意思是，国君大臣公开宣淫，就算百姓不效仿，传出去名声也不好，还是赶紧把亵衣收起来吧。

其实，那个时候，陈国在楚、晋两个强国之间的夹缝中谋生存，成为一方附庸就会遭到另一方的讨伐，根本就不是沉迷女色的时候。灵公只好说："吾能改矣"。可是，孔宁、仪行父却不断在灵公面前搬弄是非，说那些不敬重君主的臣子，除了斩尽杀绝，再无其他出路。灵公听了，不置可否。第二天，泄冶就遭人刺杀丧命，行刺人身份不明。

没过多久，憨厚老实的御叔也离奇离世。

---

① 袙（rì）服：指贴身衣物。
② 亵衣：古时女子的内衣称为亵衣。

灵公和两位上卿，基本上从来没有相互妒忌过。或许是因为夏姬浑身散发的奇特气场麻痹了他们三个，让他们根本无暇生出妒忌之心。

有一天，这三个对夏姬魂牵梦绕的男人正在她家饮酒，夏姬之子夏征舒恰好从酒席前走过。灵公看着夏征舒对仪行父说："征舒和你长得真像。"仪行父笑着回答说："和你长得也很像。"二人的对话一清二楚地落入血气方刚的夏征舒耳中。一时间，对父亲之死的疑虑，对母亲行止的不满，对自身命运的屈辱，如烈火般在心头熊熊燃烧。宴席散了，灵公刚要出门回宫，被一支突然飞来的箭贯穿胸口。夏征舒在远处马厩角落之中暗暗观察着，眼眸之中迸发着熊熊怒火。因为绝望和愤怒而颤抖不已的手，此刻正搭上第二支箭。

惊慌万分的孔宁和仪行父，甚至没有回家，便直奔楚国避难去了。

当时的惯例是，一个国家有内乱，别的强国肯定会以镇压叛乱的名义对其进行侵略。陈国灵公遭弑的消息传入楚国，楚庄王立刻发兵进入陈国国都，抓住夏征舒，将其在栗门车裂而死。打一开始，楚国将士就把全部的好奇心用在了引起陈国之乱的夏姬身上。在他们的想象中，夏姬应当是个浓艳的妖妇，未曾想，她本人竟是个再平凡不过的娴静女子，不少人对此万分失望。面对这场亡国动乱，夏姬像个无辜孩童般，淡漠、天真，仿佛一切都与她无关。就算独子被处以酷刑，她仍旧波澜不惊；唯有在那些走马灯似进进出出的君主及卿大夫面前，她才会羞怯地垂下眼帘。庄王班师回楚之时，带着夏姬返回楚国，打算将她纳入后宫。

楚国臣子屈巫，字子灵，又名巫臣，劝谏庄王说："万万不可。贪色为淫，淫为大罚。《周书》曰：'明德慎罚'，君其图之。"（万万不能。君上这次出兵伐陈，是为了匡扶大义，讨伐逆贼。要是在这个节骨眼儿上纳夏姬为妃，那么天下人难免会觉得大王出兵是因为贪图美色。《周书》说，要提倡德、慎用刑罚，希望君上三思）尽管庄王喜好美色，但是他的政治野心更大，因此立刻接纳了巫臣的劝谏。

令尹子反想迎娶夏姬，也遭到了巫臣的反对："夏姬是个不祥之人。她的兄长子蛮夭亡，她的丈夫御叔被杀，陈国灵侯遭弑，儿子夏征舒被处死，孔宁和仪行父逃亡楚国，陈国灭亡，都是因为她的缘故。天下还有比她更不祥的女子吗？人若想平平安安活下去是很难的，有谁能长生不死呢？天下美人多得是，何必非夏姬不可？"子反原本就是为了奇怪的虚荣心，听了巫臣这套说辞，只得放弃了。最后，夏姬被赐给了连尹襄老，十分顺从地做了襄老之妻。天下再没有夏姬这样，对强加给自己的一切都这般顺从的人了。不过，她又总是在浑然不知的情况下，搅乱那些强加给她的一切，让其陷入狂乱混沌。

第二年，也就是周定王十年，晋军和楚军在邲这个地方交战，楚军败得很惨。襄老也在这一战中丧了命，就连尸身也被敌军掳走。

襄老的儿子名叫黑要，此时正当壮年。尚在服丧的夏姬和黑要，早已将丈夫、父亲之死抛诸脑后，他们暗渡陈仓，沉迷在邪魅的欢愉中无法自拔。

曾经劝谏庄王和子反的申公巫臣，渐渐走到了夏姬身边。他不愧是老奸巨猾的谋士，并未当即表现出染指并独占夏姬的意图。巫臣不吝钱财，在夏姬故国郑国疏通关节。从他的角度来看，在楚国是绝对不可能娶到夏姬的，这是显而易见的。没过多久，郑国使臣宣称，已将楚国连尹襄老的尸身交给郑国，夏姬可以去郑国迎回丈夫尸身。庄王怀疑此事的真假，于是召见巫臣，询问他的意见。

"臣认为此事为真。在邲之战中，我国俘获了知罃，他的父亲深受晋成公宠信，和郑国的皇戌也有很深的交情，他应该是想通过郑国和我国交换俘虏，打算归还被囚禁的公子谷臣，被掳走的襄老尸身，借以换回知罃归国。"巫臣说。

于是，庄王点头答应夏姬回郑。实际上，巫臣早就派人和夏姬通了消息。夏姬离开楚国之时，对前来送行的人说："不奉回丈夫尸身，我绝不返回楚国。"这个时候，还没有人能理解她的真实想法，那就是，既然没有奉回丈夫的尸身，那么我就不返回楚国了。夏姬平素的冷艳妖娆被包裹在那袭黑色丧服之中，那架势还真让人觉得是遗孀为讨回亡夫尸身而奔走。夏姬十分平淡爽利地告别黑要。夏姬抵达郑国，巫臣的密使也紧随其后赶了来，向郑国求娶夏姬为妻。郑襄公答应了，不过这并不意味着，巫臣得到了夏姬。

楚庄王薨逝，楚共王即位。共王打算和齐国结盟，征讨鲁国，于是便任命巫臣为使者，携带国礼前往齐国，告知出师日期。巫臣出发的时候，将全部家产悉数带上。半路和申叔跪偶遇，申叔跪说："太奇怪了！此人有肩负军事重任的戒惧心，又有桑中之喜①，大概是要和别人的妻子私奔吧！"巫臣一到郑国，就让副使带着国礼返回楚国，自己则带着夏姬私奔了。夏姬跟着巫臣走了，脸上并无欢欣喜悦的神情。巫臣原本打算带夏姬去齐国，碰巧遇上齐军在鞍地惨败，于是就奔向晋国去了。在晋国重臣郁至的奔走之下，巫臣被晋国拜为邢邑大夫。

子反想要迎娶夏姬时遭到了巫臣的反对，此时，见巫臣带夏姬私奔，不禁恨得牙痒痒，追悔莫及。他不惜花费重金在晋国行贿，想方设法阻断巫臣的为官之路，却也是徒劳无功。子反一肚子怨气无处发泄，便将包括子阎、子荡在内的巫臣一族，连同夏姬义子黑要，诛灭殆尽，悉数敛走了他们的家财。尽管如此，还是难解子反

---

① 桑中之喜：指男女不依礼法结合。桑中是商纣王城外的桑园，到了周朝成了青年男女谈情说爱的地方。此借"桑中"一词，暗指巫臣与夏姬私约。

心头之恨。

巫臣立刻在晋国写下并发出书信，诅咒子反，并立誓复仇。他向晋侯请命，希望能够亲自出使吴国，促成晋吴结盟，夹击楚国。楚国南部属国巢国和徐国全都遭到吴国入侵，子反为了防备，竟然一年内七次奔走应命。数载之后，楚国在鄢陵大战①中惨败，子反引咎自刎。夏姬嫁给巫臣之后，也安分不少。她竭尽全力压抑自我，顺应天意。人们绝不会将她现在的样子和祸乱陈楚二国的妖妇联系起来。不过，巫臣却始终不能安心。身为女人的夏姬一如往常，容颜始终未变，似乎永远不会老。明明已近知天命之年，她却仍旧肌肤嫩滑润泽如处女。这神乎其神的青春活力，如今却在巫臣心中埋下了不安的种子。他甚至命令婢女仆童暗中监视夏姬的一举一动，结果是，这些人都说夏姬始终保持着贞洁德行。巫臣原本就非心善之人，自然不肯尽信这些人的汇报，也不愿取消这暗中的监视。他甚至开始怀疑自己，当初到底是出于何种想法对这位女子展开追求的。每每想起襄老之子黑要和夏姬的种种作为，巫臣就会情不自禁地用猜疑的目光看向自己那些业已成年的儿子们。正是有了这层顾虑，他才将儿子狐庸长期留在吴国。自打贞洁贤淑的夏姬嫁入府中，他的身边顿时就落寞不少，此番情景，让他愕然不已。从前，他总觉得自己靠着巧妙计谋将为数众多的竞争者挤到身后，最终如愿以偿纳了夏姬，可如愿以偿的到底是谁呢？他觉得自己对夏姬早已没了渴望，如今的自己和过去的自己，简直判若两人。他甚至觉得，往日意识中对那个女人的强烈渴望，已然从自我中分离出来，只是作为习惯残存至今，而且时至今日还在试图控制自我。近来，他不得不开始承认，自己的生命力已然急转直下。他非常清

---

① 鄢陵大战：公元前575年晋国和楚国为争夺中原霸权，在鄢陵地区（今河南省鄢陵县）发生的战争。

楚地觉察到了精神和肉体的双双衰竭。某日，他在一旁望着端坐在黄昏微光中的夏姬，觉得她简直就是一尾妖气散尽的白狐。直到这时，他才清晰地意识到，自己为这个女人付出了多么高昂的代价。念及此处，他凛然一惊，但转瞬之间，心底却被一种说不清来源的难以名状的滑稽感填满。他冷眼看着自己渺小的一生，感觉那只是一场滑稽的舞蹈，本就和自己无关——即便是白狐般的夏姬，也不过是受了操控而已。

就像是被操控自己的傀儡师附了身似的，巫臣竟哈哈大笑起来。